NEUES VON DER MÄRCHENKÜSTE

Vol. 1

Herausgegeben von Maximilian Reeg,
mit freundlicher Unterstützung von
R.SH – Radio Schleswig-Holstein

Copyright © 2021 by Maximilian Reeg & Steffen Lukas
Herstellung und Verlag:
BoD - Books on Demand, Norderstedt
Satz: Germaine Paulus

November 2021
ISBN: 9-783755-713463

Inhalt

Vorwort
der Gebrüder Wilhelm und Jacob Grimm

Liebe Leserinnen, liebe Leser!

Oft wurde uns in den vergangenen Jahrhunderten vorgeworfen, die von uns gesammelten Märchen seien sinnlos, ihnen fehle jede Moral, sie seien grausam, blutrünstig und einfach total veraltet.

Diese Kritik haben wir uns sehr zu Herzen genommen und Grimms Märchen vollkommen neu erzählt. Die neuen Geschichten sind ebenso sinnlos, ihnen fehlt jede Moral, sie sind grausam, blutrünstig – aber total modern! Und das ist doch super!

Leider macht sich auch bei uns, an der schleswig-holsteinischen Märchenküste, oft der Fachkräftemangel bemerkbar. Nicht selten müssen wir Prinzenrollen mit totalen Spacken besetzen. Was heutzutage als Prinzessin durchgeht, hätte vor zweihundert Jahren höchstens die Schweine hüten dürfen. Und auch das nur unter Aufsicht.

Bei uns bewerben sich nicht selten ein Meter neunzig große Zwerge, Hexen ohne Buckel und Besenführerschein, kleinwüchsige Riesen, vegetarische Menschenfresser und gestiefelte Köter – und wir müssen zusehen, wie wir mit diesem Sammelsurium von unterqualifizierten Torfköppen einen halbwegs geordneten Märchenbetrieb hinbekommen.

Unser Ziel ist, Ihnen ein möglichst unbeschwertes Märchenerlebnis zu bieten, wie Sie es von uns – seit hunderten von Jahren – stets erwarten durften! Wenn uns das nicht immer gelingt, so bedenken Sie bitte, wie schwer die Arbeit mit verhaltensauffälligen Märchendarstellern ist.

Und wenn Sie nicht gestorben sind, dann können Sie jetzt anfangen, zu lesen!

Ihre Gebrüder

Wilhelm & *Jacob Grimm*

Vorstandsvorsitzende
der Gebrüder Grimm Märchenholding AG
und geschäftsführende Gesellschafter
der Märchenmatrix-BetriebsGmbH

Aquavittchen und die
sieben schwer erziehbaren Zwerge

*E*s war einmal mitten im Winter, und die Schneeflocken fielen wie Federn vom Himmel herab.

Da saß die liebe Kinderärztin Frau Dr. Bärbel Butterblume in der Hansestadt Kotzenbühl an einem
Fenster, das einen Rahmen von schwarzem Ebenholz
hatte und sortierte ihre Impfstoffspritzen.

Und wie sie so sortierte und nach dem Schnee auf-
blickte, stach sie sich mit einer Spritze in den Finger,
und es fielen drei Tropfen Blut in den Schnee. Da rief
sie: »Also Masern und Mumps krieg ich jetz' schon
mal nich' mehr.«

Und weil das Rote im weißen Schnee so schön
aussah, dachte sie bei sich: »Ach hätte ich doch ein
Kind, so weiß wie Schnee, so rot wie Holsteiner Blutwurst und so schwarz wie der nette Schornsteinfeger,
der mich immer besuchen kommt, wenn mein Mann
nicht da ist. Das wäre schön!«

Bald darauf bekam sie ein Töchterlein, das war so
weiß wie Schnee, so rot wie Holsteiner Blutwurst
und so schwarz wie der nette Schornsteinfeger. Und
weil der Name Schneewittchen von den Gebrüdern
Grimm schon besetzt war, nannte sie es fortan nach
ihrem Lieblingsgetränk: Aquavittchen. Und weil sie
manchmal aus Versehen die Milch- und die Aquavit-

Buddel verwechselte, wurde es ein sehr fröhliches Kind. Aber wenig später ward die liebe Kinderärztin Dr. Bärbel Butterblume krank. Und alsbald starb sie an allem, außer Masern und Mumps.

Ein Jahr später nahm sich der verwitwete Dr. Butterblume eine neue Frau: die Direktorin des Pizzalozzi-Gymnasiums in Hamburg-Herzegowina, die Oberstudienrätin Dörte Eisenpferd.

Sie war schön wie der Sommerwind, und duftete so lieblich wie eine Bockwurst von der Tanke, aber sie war stolz und übermütig und konnte gar nicht leiden, wenn jemand mehr Follower bei Instagrimm hatte als sie selbst.

Sie hatte ein funkelndes iPad, schaltete es an, öffnete das Nachrichtenmagazin Spieglein online und fragte:

»Spieglein online auf'm Pad,
wer hat die meisten Follower im Net?«

Sogleich antwortete das iPad:

»Moin, Oberstudienrätin Dörte Eisenpferd,
Ihr habt die meisten Follower im Net.«

Da war sie zufrieden, denn sie wusste, daß Spieglein online immer die Wahrheit sagte.

Aquavittchen aber wuchs heran und als sie ihr erstes Handy bekam, hatte sie 5 Minuten später mehr Follower bei Instagrimm als Dörte Eisenpferd bei böse-stiefmutter.de.

Eines Tages fragte die böse Stiefmutter erneut ihr iPad:

»Spieglein online auf'm Pad,
wer hat die meisten Follower im Net?«

Und Spieglein online antwortete:

»Moin, Frau Eisenpferd,
ihr habt die meisten Follower,
aber Aquavittchen hat hunderttausend mehr.«

Da erschrak die Oberstudienrätin und sah vor Neid aus wie ein kleines grünes Kotz-Smiley. Von Stund an, wenn sie Aquavittchen erblickte, bekam sie zweihundert Puls, so sehr hasste sie das Mädchen! Und der Neid und Hochmut wuchsen wie ein Dispokredit in ihrem Herzen, immer höher, dass sie Tag und Nacht keine Ruhe mehr hatte. Da rief sie den Hausmeister vom Pizzalozzi-Gymnasium und sprach: »Bring das Mädchen hinaus in den Wald und nimm ihr das Handy wech, so dass sie auf der Stelle stirbt, wie jedes andere Balg, dem man das Handy wegnimmt! Zum Beweis bringst Du mir ihren Akku und die Sim Karte! Und jetzt schwing die Hufe!«

Der Hausmeister gehorchte und führte Aquavittchen in das tiefste und dunkelste Funkloch, mitten im schleswig-holsteinischen Märchenwald.

Doch in dem Moment, als er ihr das Handy entreißen wollte, fing Aquavittchen an zu weinen und sprach: »Ach, lieber Hausmeister, laß mir mein Handy! Ich will mich auch nie wieder blicken lassen. Ich bleib einfach hier sitzen und halte mir die Augen zu! Dann kann mich auch niemand mehr seh'n!«

Da hatte der Hausmeister Mitleid und seufzte: »Dann mach Dich doch durch Augen zuhalten unsichtbar, du armes, dummes Kind!«

Er dachte, ihr Akku würde ohnehin bald leer sein, und so wäre ihr Tod nur eine Frage der Zeit, und doch war's ihm, als wäre ihm die lange Anna zu Helgoland von seinem Herzen gebröckelt, und er dachte bei sich: »Ach, schietegal! Hauptsache, ich war das nich'!«

Und als gerade ein knapp achtzehnjähriger Grundschüler von der Märchenwaldschule für Schwerstbegabte des Weges kam, da zog ihm der Hausmeister das Handy ab und schnell brachte er der bösen Oberstudienrätin Akku und SIM-Karte zum Beweise.

Da war Dörte Eisenpferd zufrieden und postete vor Freude von sich einen vierstündigen Flossen-Dance auf bösestiefmutter.de

Nun war das arme Mädchen in dem großen Funkloch mutterseelenallein, und es irrte umher auf der Suche nach Empfang. Aquavittchen lief so lange, bis sich ihr Handy an der Märchenküste in ein dänisches Mobilfunknetz einbuchte.

Da sprach sie zu sich: »So'n Schiet, hier bin ich falsch, was will ich denn bei den Dänen?«

So drehte sie geschwind um und rannte dahin zurück, woher sie gekommen war.

Als es dunkel ward, da fand sie hinter sieben kokelnden Autoreifenbergen eine kleine, reetgedeckte Kate und wollte hinein, um sich auszuruhen. Es war eine sehr niedrige Kate mit einer Haustür, kaum größer als eine Katzenklappe. Sie kroch auf allen Vieren hinein und innen war es so unordentlich, versifft und stinkig, dass sie erstmal eines der winzigen Fensterlein öffnen musste.

Da stand ein schmuddeliges Tischlein mit sieben kleinen Papptellerlein voller Essensreste. Jedes Tellerlein mit seinem Plastiklöffelein, ferner sieben Messerlein und Gäbelein und sieben Döslein Red Bull. Auf dem Boden lagen sieben Matratzen, die waren so alt, dass man selbst im Matratzenmuseum keine älteren findet. Darauf lagen löcherige Decken, in denen die Bettwanzen ausgelassenen Polka tanzten.

Aquavittchen, weil es so hungrig und durstig war, aß von jedem Tellerlein ein paar alte, kalte Pommes und trank aus jedem Döslein ein paar Tröpflein Red Bull. Und weil sie für Speis und Trank so dankbar war, machte sie sich gleich daran, alles fein säuberlich aufzuräumen. Dann wurde sie müde und legte sich auf eine der prähistorischen Matratzen, wobei ihr Kopf und ihre Füße weit über das Ende hinausragten.

Als es ganz dunkel geworden war, kamen die Bewohner der reetgedeckten Kate heim. Das waren die sieben schwer erziehbaren Zwerge. Die komplette letzte

Reihe der Klasse 5b des Pizzalozzi-Gymnasiums in Hamburg-Herzegowina, die von der bösen Oberstudienrätin Dörte Eisenpferd zur Erlebnistherapie ins Ölkreidebergwerk Heide geschickt worden war, wo die schwer erziehbaren Zwerge tagein, tagaus nach Ölkreide hackten und gruben.

Sie starteten auf ihren sieben Handys ihre sieben Grubenlampen-Apps und wie es nun hell in der Kate ward, sahen sie, dass jemand darin gewesen war und alles picobello aufgeräumt hatte. Und da ärgerten sich der Klaas, der Hein, Piet, Hauke, Fiete, der Helga und der Leif-Lasse, die sieben schwererziehbaren Zwerge.

Der Klaas sprach: »Ja klei mi an mors, tut das Not?«

Der Hein rief: »Nu is' aver Daddeldu! Wer hat meine alten, kalten Pommes gefuddert?«

Der Piet fluchte: »So'n Schiet! Wo sind meine Sneakers?«

Der Hauke war entsetzt: »Wer hat mit meinem Red Bull gegurgelt?«

Der Fiete tobte: »Gleich is' hier Achterbahn! Wo is' mein Ladekabel?«

Der Helga sank auf seine Zwergenknie und reckte seine Zwergenärmchen anklagend zum Himmel: »Wieso is'n die Playstation aus? Ich habe mein Spielstand nich' gespeichert!«

Und der Leif-Lasse fragte: »Wieso riecht das hier nach Aquavit?«

Dann sah sich der Klaas um und sah, daß über seine Matratze ein paar haarige Füße mit krebsrot lackierten Fußnägeln ragten. Da rief er die andern, die

14

kamen herbeigelaufen und betrachteten ausgiebig das schnarchende Aquavittchen.

Da sagte der Klaas: »Kiek mo einer an, Damenbesuch hatten wir ja auch noch nich'.«

Und der Hauke sagte: »Tscha, das is' ja auch kein Wunder, so wie Du aussiehst!«

Und der Klaas verprügelte den Hauke für seine Frechheit so leise und rücksichtsvoll, daß das schöne Mädchen nicht geweckt wurde. Und als die Nacht vorbei war, und Aquavittchen die sieben schwer erziehbare Zwerge sah, so erschrak sie wie ein Großmütterlein auf dem Zebrastreifen vor einem heransausenden Müllwagen. Doch Klaas, Hein, Piet, Hauke, Fiete, Helga und Leif-Lasse waren freundliche schwererziehbare Zwerge und bereiteten dem Aquavittchen sogleich ein üppiges Frühstück aus alten, kalten Pommes und angetrocknetem Ketchup.

Aquavittchen rieb sich die Augen und sprach: »Moin! Ja, wollt ihr denn gar nicht wissen, wie ich heiße?«

Da riefen die sieben schwer erziehbare Zwerge: »Kannste steckenlassen, Alter, wir folgen Dir doch schon lange bei Instagrimm.« Und alle sieben gaben sich gegenseitig fünf, sodass es nur so klatschte.

Sie fragten: »Was machst du denn eigentlich in unserer lütten Hütte? Bist du auch schwer erziehbar und von zu Hause abgehauen?«

Da erzählte Aquavittchen, daß ihre böse Stiefmutter sie habe umbringen wollen, aber der Hausmeister ihr das Handy gelassen und ihr somit das Leben geschenkt hätte. Außerdem wäre sie um ein Haar bei den Dänen gewesen, doch zum Glück habe sie dann die kleine Kate entdeckt.

Die Zwerge sprachen: »Von uns aus kannst du hier bleiben, aber du musst uns versprechen, dass du nich an dauernd aufräumst, Du Töffel.«

»Jaa«, sprach Aquavittchen. »Von Herzen gern!«, und blieb bei ihnen.

Von da an räumte sie nie mehr auf, sondern hielt nur noch die Unordnung sauber. Morgens gingen die sieben schwer erziehbare Zwerge ins Kinderbergwerk Heide und suchten Ölkreide, und sie sangen fröhlich:

»Wir sind die sieben Zwerge,
Das sind fünf mehr als zwei!
Und das wir schwer erziehbar sind
Geht uns am Mors vorbei!«

Und wenn sie abends wieder heimkamen, da servierte ihnen das Aquavittchen schon ihr Leibgericht, alte, kalte Pommes, so dass es für alle eine große Freude gewesen ist.

Weil aber das Aquavittchen den ganzen Tag alleine in der Zwergenkate war, so warnten es die lieben sieben schwer erziehbare Zwerge und sprachen: »Pass auf Aquavittchen, zwei Sachen: Erstens, mach bloß nich' auf, wenn die Polente vor der Türe steht und zweitens: Nimm Dich in Acht vor deiner ätzenden Stiefmutter, der bösen Direktorin Dörte Eisenpferd, nich', dass die am Ende längst mitgekriegt hat, dass Du immer noch Empfang auf dem Handy hast!!«

Die böse Oberstudienrätin aber, nachdem sie Aquavittchens Akku und SIM-Karte in die Wertstofftonne geworfen hatte, dachte nicht anders, als wäre das Mädchen in alle Ewigkeit offline und fragte zur Beruhigung ihr iPad:

»Spiegeln online auf dem Pad,
wer hat die meisten Follower im Net?«

Da antwortete Spieglein online:

»Moin, Frau Eisenpferd,
Ihr habt die meisten Follower!
Aber Aquavittchen hinter den sieben
Autoreifenbergen, bei den sieben
schwer erziehbaren Zwergen,
die hat noch hundertfünfzigtausend mehr!«

Da erschrak sie, denn sie wusste, dass Spieglein online immer die Wahrheit sprach und merkte, dass der Hausmeister sie betrogen hatte und Aquavittchen immer noch online war.

Und da trachtete sie aufs Neue nach ihrem Leben, denn der Neid ließ ihr keine Ruhe.

Und als sie sich endlich etwas ausgedacht hatte, färbte sie sich das Gesicht und verkleidete sich. Sie hängte sich einen langen fusseligen Bart um, zog sich ein Holzfäller-Hemd, Jeans und Hosenträger an, so dass sie gleich aussah wie ein Hipster aus der Schanze in Hamburg-Herzegowina.

Sie stopfte sich eine Pfeife mit biologisch abbaubarem Tabak aus fairem Handel, setzte sich eine dämliche, dicke Brille auf und nichts mehr an ihr erinnerte noch an die schreckliche Direktorin Dörte Eisenpferd.

Alsbald machte sich die listige Alte als Hipster mit einem Bauchladen voller Äppel-iPhones auf in den schleswig-holsteinischen Märchenwald.

Sie kam zu der Kate der sieben schwer erziehbaren Zwerge und klopfte an die Türe. Aquavittchen guckte zum Fenster hinaus und rief: »Guten Tag, lieber Hipster von der Schanze in Hamburg-Herzegowina! Was bietest Du denn feil?«

»Hipsterbedarf, feinster Hipsterbedarf!«, antwortete die böse Direktorin mit tiefer Stimme. »Ich hab alles von Äppel! Iphones, ZweiPhones, Dreiphones, was Dein Herz begehrt!«

Da freute sich das Aquavittchen, kratzte alle ihre Taler und noch viel mehr zusammen und kaufte dem Hipster seinen überteuerten Tüddelkram ab.

Ausgelassen tanzte das Aquavittchen nun mit ihrem neuen Äppelprodukt durch die Kate der Zwerge, sprang vor Freude im Dreieck, legte einen achtfachen Rittberger aufs schmuddelige Fischgrätparkett und hüpfte dabei so fröhlich auf und nieder, dass sie immer wieder mit dem Kopf volle Kanne gegen die niedrige Zimmerdecke knallte.

Das konnte nicht lange gut gehen, liebe Kinder, und als auf ihrem Kopf kein Platz mehr für weitere Beulen war, da fiel sie vor Freude tot um.

Die böse Direktorin Dörte Eisenpferd sah alles durch das kleine Butzenscheibenfenster und lachte grausig. Und sie freute sich, wie sich nur das Böse freuen kann und sprach: »Jo klei mi an mors, ist das 'n Döspaddel!! Weiß wie Schnee, rot wie Holsteiner Blutwurst, schwarz wie der Schornsteinfeger – das kannste Dir jetzt von der Backe feudeln, min Deern!«

Sie lief sogleich nach Hause ins Pizzalozzi-Gymnasium Hamburg-Herzegowina und fragte ihr iPad:

»*Spieglein online auf dem Pad,*
wer hat die meisten Follower im Net?«

Da antwortete Spieglein online:

»*Moin, Frau Eisenpferd,*
das is' nich' schwer,
das Aquavittchen gibt's nicht mehr,
Ihr habt die meisten Follower.«

Da hatte ihr neidisches Herz Ruhe, so gut ein neidisches Herz eben Ruhe haben kann.

Die sieben schwer erziehbaren Zwerge, wie sie abends nach Haus kamen, fanden Aquavittchen tot auf dem Fischgrätparkett liegen.

Die Zwerge, die außer Krabbenpulen und Erste Hilfe in der Schule nichts gelernt hatten, versuchten sich reihum an einer Mund-zu-Mund-Beatmung, doch alles half nichts. Das liebe Aquavittchen hatte den Labskauslöffel abgegeben, die zierlichen Hufe hochgerissen und war, bildlich gesprochen, achtern über die Reling gegangen. Ewige Jagdgründe, Garantie abgelaufen, Klappe zu, Affe tot, Tschö mit Ö, aus die Maus!

Da weinte der Klaas, da schluchzte der Hein, der Piet flennte, der Hauke griente, der Fiete ziepelte, der Helga heulte, und der Leif-Lasse verstand von all dem nichts, denn er war Däne.

Der Piet rief: »So'n Schiet mit dem Schiet, wer soll uns denn jetzt alte kalte Pommes machen, wenn wir aus dem Kinderbergwerk kommen?«

Der Hauke sprach: »Was machen wir denn jetzt mit der? Vielleicht is' ja Pfand drauf?!«

Der Piet sagte: »Nee, also für 'ne anständige Holsteiner Grützblutwurst ist die nich' fett genug!«

Und der Helga überlegte laut: »Die könn' wir eigentlich bloß noch in die Tonne schmeißen«

Da wurden die anderen Zwerge sehr zornig und verabreichten dem Helga eine all-you-can-eat-Portion Klassenkeile und riefen: »Dumm Tüch! In die Tonne, Du Heini? Du hast se ja wohl nich' mehr alle? Wir sind schwer erziehbar! Wir hau'n freiwillig gar nix wech! Müll rausbringen is' auch nix anderes als aufräumen, Du Möwengehirn!«

Die Zwerge ließen das Aquavittchen an Ort und Stelle liegen, doch weil sie fortwährend darüber stolperten, steckten sie das hübsche Mädchen in die Glasvitrine ihrer Zwergenschrankwand.

Alsbald kamen alle Tiere des Waldes herbeigelaufen, der klebrige Uhu, ein Elefant, ein Mettigel, der Waszumkuckuck und eine Krabbe, ein schwarzgelber Schwanzlurch, ein Wattwurm, eine dämlich dreinblickende, grüne Kröte mit einem goldenen Krönchen, der Klabautermann und zwölf Vollmeisen.

Alle weinten sieben Tage und Nächte um das arme Aquavittchen.

Nun lag das Mädchen lange, lange Zeit in der Glasvitrine und blieb so frisch wie am ersten Tag. Sie war so weiß wie Schnee, so rot wie Holsteiner Blutwurst und so schwarzhaarig wie ein Schornsteinfeger und sah aus, als ob sie schliefe.

Dann geschah es, dass der schöne Hinnerk aus Brunsbüttel zu der Kate der Zwerge kam und um Einlass begehrte.

Die sieben schwer erziehbaren Zwerge öffneten die katzenklappenkleine Türe und riefen: »Mach Dich vom Acker, Du Pappkopp!«

Da sprach der schöne Hinnerk: »Habt Erbarmen, Ihr sieben schwererziehbaren Zwerge! Kann ich bitte mal Euern Pot benutzen, ich muss ma' ganz dringend für kleine Matrosen!«

Die Zwerge erwiderten: »Vergiss es, Alter! Wir gehen im Märchenwald ja auch bloß hinter die Fichte!«

Doch der schöne Hinnerk hatte längst die Glasvitrine erspäht, in dem das schöne Aquavittchen lag, und das tätowierte Herz auf seiner Schulter entflammte in Liebe.

Da sprach er zu den sieben schwer erziehbaren Zwergen: »Lasst mir die Schrankwand mit Vitrine! Bei Grimm-Bay werden die Dinger für fünfzig Taler gehandelt, ich gebe Euch hundert!«

Und weil die sieben schwer erziehbaren Zwerge dringend Geld für Zauberpilze brauchten, so gaben sie ihm schweren Herzens die Vitrine mit dem schönen Aquavittchen.

Der schöne Hinnerk rief sogleich seine Kumpels vom Mopedklub *Heiße Feile Brunsbüttel*, den Ricki, den Kralle, den Flens und seinen besten Kumpel, den Fussel. Diese trugen auf ihren Schultern die Schrankwand mit Vitrine hinfort.

Es begab sich aber, dass sie über ein Lanz-Radkäppchen am Wegesrand stolperten und die Vitrine laut krachend zu Boden fiel.

Dabei rumste Aquavittchen mit dem Kopf derart gegen die Schrankwand, dass sie augenblicklich die Augen aufschlug und aus ihrer tiefen Ohnmacht erwachte. Und sie sah die Sonne über der Brunsbütteler Landstraße und freute sich, dass sie noch am Leben war. Sie rief: »Könnt Ihr nich' aufpassen, Ihr Torfköppe?«, und stieg aus der Vitrine.

»Und überhaupt? Wieso schleppt Ihr mich eigentlich in 'ner ranzigen, alten Schrankwand mit Vitrine über die Brunsbütteler Landstrasse? Ihr seid wohl vollkommen töffelig geworden! In 'ner alten Schrankwand? Ich krieg gleich 'n Rappel! So! Und jetzt bin ich mal gespannt, wie Ihr mir das erklären wollt, Ihr Flachzangen!«

Da erschrak der schöne Hinnerk, denn Aquavitt-chen hatte ihren Zeigefinger durch seine zwei-Euro-Stück großen Ohrtunnel gesteckt und ihm die Tun-nelohren gehörig langezogen. Doch weil sie so schön war, wie ein junges Morgengrauen, da sah er es ihr nach und erzählte ihr alles, was sich bisher zugetra-gen hatte.

Da verstand das Aquavittchen, dass der schöne Hinnerk ihr gut war und die Freude war groß! Der schöne Hinnerk freute sich, dass das Aquavittchen den Labskauslöffel nicht abgegeben hatte, Aquavitt-chen freute sich, dass der schöne Hinnerk schön war, und der Ricki, der Kralle, der Flens und der Fussel freuten sich, dass sie die schietschwere Schrankwand mit Vitrine nicht mehr schleppen mussten.

Der schöne Hinnerk aus Brunsbüttel sprach voller Freude: »Du bist nich' der hellste Leuchtturm an der Märchenküste, aber mit ner Schnitte wie Dir kann man bei seinen Kumpels prima angeben, komm mit in mein Vadders Fertighaus, ich will nämlich mit Dir gehen.«

Das Aquavittchen rief: »Ach wisst Ihr was, ich nehm' Euch alle fünf, und wir gründen 'ne Bande, dann ward mir die Tid nie mehr lang!«

Da stieg das Aquavittchen wieder in die Vitrine und sie trugen sie zum Fertighaus des Vaters des schö-nen Hinnerk. Kaum angekommen freuten sich alle und feierten in der Partygarage eine Riesenparty. Zu dem Feste hatten sie per WhatsApp alle Kon-takte des schleswig-holsteinischen Märchenwaldes

eingeladen, auch die böse Direktorin Dörte Eisenpferd. Wie die sich nun mit einem neonfarbenen
Schlauchkleid für die Party landfein gemacht hatte,
so trat sie sicherheitshalber noch einmal vor ihr iPad
und sprach:

»Spieglein online auf dem Pad,
wer hat die meisten Follower im Net?«

Da antwortete Spiegeln online:

»Moin, Frau Eisenpferd!
Ihr habt die meisten Follower,
aber dem Hinnerk seine neue Alte,
die hat noch zweihunderttausend mehr.«

Da fluchte die böse Direktorin wie ein Teenager beim
Onlinespielen.

Als sie nun zu der Party kam, um Hinnerks neue
Alte zu sehen, da erkannte die böse Direktorin Dörte
Eisenpferd das Aquavittchen in der Vitrine und vor
lauter Wut platzte sie wie ein Luftballon beim Kaktus-
meeting und ward nimmermehr gesehen.

Das Aquavittchen aber wurde die neue Direktorin
des Pizzalozzi-Gymnasiums in Hamburg-Herzegowina. Und weil sie nun die Schlüssel für die Schublade
mit den Zeugnisformularen hatte, schrieb sie dem
Hinnerk, dem Ricki, dem Kralle, dem Flens und dem
Fussel heimlich ein Einser-Abiturzeugnis. Und der

schöne Hinnerk bekam für seinen frisierten Hobel später den Hobél-Preis.

Und so lebten sie zufrieden und glücklich und schraubten fleißig an ihren Mopeds, an der Schrankwand mit Glasvitrine und abends, wenn Fuchs und Hase sich gegenseitig zum Teufel gewünscht hatten, und die Sonne über der schleswig-holsteinischen Märchenküste untergegangen war, manchmal auch ein kleines bisschen am Aquavittchen.

Die Wackener Stadtmusikanten

*E*s war einmal ein alter, schleswig-holsteinischer Esel namens Heini, der nährte sich redlich als Schrankenwärter bei der deutschen Märchenküsteneisenbahn.

Doch eines Tages kam seine Majestät Thilo, der weißrot-gestreifte auf seiner goldenen Draisine herbeigeritten und sprach: »Ich bin der König aller Schrankenwärter und ich hab 'ne gute und 'ne schlechte Nachricht für Dich, mein treuer Heini! Zuerst die gute: Du hast heute fünfunddreißigstes Betriebsjubiläum. Hier hast Du 'ne vergoldete Uhr aus China und 'ne doofe, wertlose Ehrenurkunde!«

Da freute sich der Esel und sprach: »Also, danke, lieber König der Schrankenwärter! Dass Ihr daran gedacht habt! Was 'ne schöne Überraschung! Mich haut's aus den Hufeisen! Ich fühle mich geehrt und freue mich auf viele weitere, schöne Jahre in diesem Unternehmen, bis zu meiner wohlverdienten Rente!«

»Nich' so schnell!«, rief da der König der Schrankenwärter. »Das is' hier zwar die Märchenküste, aber nich' *Wünsch Dir was*, mein Lieber. Ich hab' heute Morgen auf dem Wochenmarkt Westerland beim Schrankenschmied 'ne automatische Schranke gekauft, und die übernimmt ab sofort Deinen Job. Du bist gefeuert!« Sprach's und ritt von dannen.

Da weinte der Esel, wie Udo Lindenberg vor einer leeren Eierlikörflasche und sprach: »So ein Schiet mit dem Schiet! Einfach gefeuert! Zweihundert Puls hab' ich, bald, duu! Aber ich hab' gehört, in Wacken-Düsterdeich ist alle Tage Open-Air! Da geh' ich hin und werde einfach Musiker!«

Als er ein Weilchen fortgegangen war, fand der Esel ein altes, fettes Schwein auf dem Wege liegen und sprach: »Also laut Märchenbuch hätte ich ja jetzt eigentlich mit 'nem alten Hund gerechnet!«

Und der Esel holte sogleich sein Handy heraus und wählte die Störungshotline der Gebrüder Grimm, um das defekte Märchen zu melden. Doch am anderen Ende antwortete nur eine Zwergenstimme vom Band: »Hier ist die Märchensupport-Hotline der Gebrüder Grimm. Alle Heinzelmännchen sind zurzeit belegt. Sie werden mit dem nächsten freien Heinzelmännchen verbunden. Bitte haben Sie etwas Geduld, und hören Sie einstweilen das Lied vom BiBaButzemann, in der Version der Popgruppe Schrammstein!«

Und sogleich ertönte ein mindestens gewöhnungsbedürftiges Getöse aus der Freisprecheinrichtung, und es klang, als bearbeite jemand eine rostige, defekte Waschmaschine mit dem Baseballschläger. Und als dann noch der lungenkranke Sänger Till Li-La-Lindemann mit heiserer Röhre »Bi-Ba-Butzemann, bück Dich!« schmetterte, so dass es klang wie ein medizinischer Notfall, da ward's dem Esel zu viel und er rief: »Danke für nix!«, legte auf und rieb sich sein entzündetes Eselsohr.

»Wo kommst'n Du eigentlich her?«, fragte der Esel Heini das Schwein und das Schwein sprach: »Ich bin aus'm Schlachthof getürmt! Da war der Stall so eng, da konnte ich überhaupt kein social-distancing machen. Und da hatte ich dann doch büschen Angst, dass ich den Schlachthof nich' überlebe und bin lieber abgehauen. Aber wo soll ich jetzt meinen täglichen Eimer Kartoffelschalen herkriegen?«

»Weißte was?«, sprach der Esel, »eigentlich bräuchte ich an der Stelle jetzt 'n Hund, damit das Märchen ohne zu ruckeln weiterläuft. Aber an der Gebrüder Grimm Märchensupport-Hotline geht keiner ran und wenn kein anderes Personal zu kriegen is', dann nehm' ich eben Dich. Wir einigen uns einfach drauf, dass Du 'n Schweinehund bist!«

Da grunzte das Schwein: »Nenn mich, wie Du willst! Das geht mir am Hinterschinken vorbei! Hauptsache, ich kriege bald 'n Eimer Kartoffelschalen!«

Und sie gingen weiter ihres Weges, um in Wacken Düsterdeich Musikanten zu werden.

Es dauerte nicht lange, so saß da ein achtarmiger Tintenfisch an dem Weg und machte ein Gesicht, als hätte er sich versehentlich eingetintet.

»Nun, was ist Dir in die Quere gekommen, alte Tintenpatrone?«, sprach der Esel.

»Zwei Jahrzehnte habe ich bei einem mittelständischen Hersteller von Rohrknien und Flanschmuffen als Tintenstrahldrucker gearbeitet!«, antwortete der Tintenfisch. »Und nun ham die sich 'n Laserdrucker angeschafft und mir das Aquarium vor die Tür gestellt! Ich sitze total in der Tinte. Im Sinne des Wortes. Denn mit den Jahren bin ich untenrum undicht geworden.«

»Klei mi in mors!«, sprach da der Esel. »Was soll ich denn mit nem undichten Tintenfisch? Von der Lebensgeschichte her würd's ja gehen, aber laut Märchenbuch brauch' ich an der Stelle jetzt eindeutig 'ne Katze.«

Und wieder wählte er die Märchensupporthotline der Gebrüder Grimm GmbH und die Zwergenansage vom Bande sprach: »Vermissen Sie bei Ihrem Märchen die Moral? Dann drücken Sie bitte die Eins.«

»Soweit sind wir ja noch gar nich ...«, sagte der Esel.

»Wollen Sie ein gestörtes Märchen melden?«, fuhr die Zwergenbandansage fort. »Dann drücken Sie bitte die Zwei.«

Und der Esel drückte beherzt die Zwei.

Und der Automatenzwerg sprach: »Danke. Sie werden mit dem nächsten freien Heinzelmännchen verbunden. Bitte haben Sie etwas Geduld und hören Sie in der Zwischenzeit das Lied »Sah ein Knab' ein Überdöslein steh'n«, gerappt von Kapital Bratwurst!«

Der Esel hörte sich die sowohl inhaltslose als auch geschwätzige Rapmusik tapfer an, bis ein leichter Tinnitus einsetzte, dann flog er mit dem Hinweis, er möge später nochmal anrufen, aus der Leitung.

Da war's der alte Esel Heini müde und er sprach: »Also von mir aus, Tintenfisch. Ich glaube, der Märchenwaldserver is' endgültig abgestürzt. Aber wir müssen hier ja auch irgendwie weitermachen. Gut, Du bist als Tintenfisch nich' die Idealbesetzung für meine neue Band, aber es is' momentan schwer, was Vernünftiges zu finden. Du kannst also mitmachen … Schweinehund, was sagst denn Du?«

»Ohne meinen Eimer Kartoffelschalen sag ich gar nix!«, grunzte das Schwein.

Da wandte sich der Esel wieder an den Tintenfisch: »Gut, Du bist dabei! Aber damit Du wenigstens entfernt an die vorschriftsmäßige Katze erinnerst, nennen wir Dich einfach Oktopussy!«.

Und so gingen der Esel Heini, das Schwein namens Schweinehund und die achtarmige Ersatzkatze namens Oktopussy weiter auf dem Weg nach Wacken-Düsterdeich, um dort Musikanten zu werden.

Darauf kamen die drei Landesflüchtigen an einem Naherholungsgebiet vorbei, da saß auf einem kokelnden Altreifenstapel ein halbgerupfter Papagei und schrie aus Leibeskräften.

Da sprach der Esel: »Was'n mit Dir los, Du quietschbunte Nervensäge?«

»Ich heiße Manfred und jahrelang habe ich meinem Herrn treu gedient …«, sprach da der Papagei, »… und bin immer rangegangen, wenn das Telefon geklingelt hat, und dann …«

Da rief der Esel: »Lass mich raten, Manfred! Du bist jetzt arbeitslos, weil Dein Herr sich 'n Anrufbeantworter gekauft hat!«

Doch der Papagei schüttelte nur den Kopf. »'n Anrufbeantworter? Haha! Aus welcher technologischen

Steinzeit kommst Du denn? Mein Herr hat einfach seine Voice-Mailbox freigeschaltet, und das war's dann für mich.«

»Ei was, Du gerupftes Geflügel!«, sagte darauf der Esel. »Dann geh doch mit uns! Wenn Du die Stelle des Hahns einnimmst, dann wäre die Band komplett!«

Und der Papagei Manfred sprach: »Ich kann natürlich auch Fremdsprachen!« Und wie zum Beweise krähte er laut: »Kikerikuck!«

»Hä?«, rief da der Tintenfisch Oktopussy »Wieso Kikerikuck?«

»Das war ein Kikeriki mit'm Akzent vom Kuckuck, Du Amateur!«, antwortete der Papagei.

»Gequatsche einstellen!«, sprach Heini, der Esel. »Dann sind wir ja vollständig und marschieren jetzt nach Wacken! Etwas Besseres als den Tod finden wir überall; Du hast 'ne gute Stimme, Papagei, und wenn wir zusammen loslegen, dann haut's den Sachbearbeiterinnen und Büroangestellten in Wacken den sprichwörtlichen Vogel raus! Alles hört auf mein Kommando!«

Doch das Schwein fragte: »Moment mal!? Wo steht'n das, dass Du hier der Chef bist? Wir könnten doch erst mal abstimmen?! Und wo bleibt mein Eimer Kartoffelschalen?«

»Jetzt reicht's!«, brüllte der Esel Heini, wie ein Lehramtsanwärter im Fach Ethik vor einem Rudel renitenter Viertklässler. »Ich bin ein Esel! Und damit bin ich das einzige Tier hier, das überhaupt in dieses Märchen reingehört! Und deshalb bestimme ich auch, wie das hier weitergeht! Und ich sage Euch: Wir gehen nach Wacken aufs Open Air und machen Musik!«

»Wart mal! Musik machen is' doch total lame!«, sagte der Papagei. »Ich wollte eigentlich lieber Stimmenimitator werden!«

»Na eben«, rief der Tintenfisch. »Ich würde eigentlich auch lieber Schriftsteller werden wollen, weil Tinte hätt' ich ja genug!«

Und das Schwein rief: »Also erstens warte ich immer noch auf meinen Eimer Kartoffelschalen, und zweitens find' ich die Idee mit der Band auch doof! Ich gehe lieber zum Ballett, ans Bolschoi-Theater in Moskau! Als Primaballerina!«

Da sahen der Esel Heini, der Tintenfisch Oktopussy und der Papagei Manfred das Schwein Schweinehund mit einer Mischung aus Fassungslosigkeit und Verwunderung an, und es entstand eine lange, peinliche Pause.

Dann sagte der Tintenfisch: »Was willst'n Du beim Ballett machen? Filetspitzentanz? Du bist doch viel zu fett fürs Ballett!«

»Ach, von wegen!«, rief da das Schwein ganz eingeschnappt. »Wie soll man denn hier fett werden, hier gibt's doch nix zu fressen!«

Schließlich sprach der Esel: »Also mir reicht's jetzt mit Euch Vollpfosten! Ich ruf jetzt die Supporthotline von der Gebrüder Grimm GmbH an und lass' das Märchen zurücksetzen und neu starten! Lieber fang ich noch mal ganz von vorne an, anstatt mir von Euch Hirnamputierten die ganze Zeit auf der Nase rumtanzen zu lassen!«

Und er wählte erneut die Nummer der Märchen-supporthotline und nach nur wenigen Takten des Liedes »Sonderzug nach Pankow-Düsterdeich«, von der Band »Udo und die sieben Lindenzwerge«, wurde er bereits mit einem freien Heinzelmännchen verbunden.

Das Heinzelmännchen sprach: »Herzlich willkommen bei der Gebrüder Grimm GmbH – ihr digitaler Märchendienstleister für Kinder, Medien und Finanzamt. Mein Name ist Olaf Heinzelmann. Was kann ich für Sie tun?«

»Ich möchte ein gestörtes Märchen melden!«, sprach der Esel.

»Ja«, sagte da das Heinzelmännchen, »da sin' Sie nich' der Erste heute! Wir hatten 'n starken Elfenbefall im Hauptschaltraum. Und weil die Viecher alle in den Ventilator geflogen sind, is' die Lüftung kaputtgegangen und da is' unser Server heiß geworden und abgeraucht.«

»Na, und jetzt?«, fragte der Esel.

»Wir wissen noch nich', ob wir das einfach so wieder in den Griff kriegen …«, fuhr Heinzelmännchen Olaf fort. »Vielleicht müssen wir auch die Märchenmatrix komplett neu ausrollen.«

»Ach, du Scheiße!«, sagte der Esel.

Das Heinzelmännchen Olaf sprach: »Gerade hat's Dornröschen angerufen, sie wär vom bösen Wolf wachgeküsst worden. Und das Rotkäppchen hat seine Oma selber fressen müssen, weil der feine Herr Wolf gerade in 'nem ganz anderen Märchen rumhopst. Es is zum Plattfischemelken, hier hakt's an allen Ecken und Enden. Aber nun zu Ihrem Problem! Was ham se denn? Pixelige Märchenfiguren? Verwünschungen, bei denen was ganz Anderes rauskommt? Prinzen, die Käse-Mike heißen? Ham wir alles schon gehabt!«

Der Esel sagte: »Naja, ich hab' hier vollkommen falsches Personal geliefert bekommen! Bestellt hab' ich 'n Hund, 'ne Katze und 'nen Hahn – aber gekricht hab' ich 'n Schwein, 'n Tintenfisch und 'n Papagei. Kann man da unbürokratisch was machen?«

»Ach! Das is ganz einfach!«, rief der Telefonheinzelmann Olaf: »Das ist ja bloß ein Error in der ›registry‹ für Märchenpersonal. Da drücken sie erstmal ›Steuerung‹, und dann ...« Doch genau in diesem Moment brach das Gespräch ab, denn der Akku des Esels war durch die langen Wartezeiten an der Hotline inzwischen leer geworden.

»So ein Schiet, mit dem Schiet! Zweihundert Puls hab ich bald, duuu!«, rief der Esel Heini wütend und schmiss sein Handy in hohem Bogen in den nahegelegenen Teich, wo es den Froschkönig traf und ihm sein güldenes Krönchen verbeulte. Dann wandte er sich an seine Gesellen: »Hier is' jetzt endgültig Schluss mit lustig! Ich bin als Esel der einzige Hochqualifizierte für dieses Märchen! Also kommt jetzt gefälligst mit – und zwar ohne Genörgel!«

Doch kaum hatte er gesprochen, da setzte ein prasselnder Regen ein und fiel auch auf das Fell des Esels. Und der Regen wusch all den grauen Staub heraus, und, siehe da, als die Sonne wieder hinter den Wolken hervorlugte, war alles Grau von ihm abgewaschen und er stand da als prächtiges, glänzendes, weiß-braun gestreiftes Zebra. Seine Genossen, das Schwein Schweinehund, der Tintenfisch Oktopussy und der Papagei Manfred, kugelten sich auf der Erde vor Lachen und prusteten immer wieder: »Hochqualifiziert! Hast Du das gehört? Hochqualifiziert! Un' jetzt kiek Dir den ma' an! Der is' ja im Pyjama auf Arbeit gekommen! Haha!«

»Ach, Du meine Möhre!«, sprach der Ex-Esel Heini und blickte an sich herab: »Ein Leben lang hab' ich geglaubt, ich wäre ein Esel, dabei war ich in Wirklichkeit nur ein sehr, sehr staubiges Zebra! Was bin ich doch für 'n Esel!« Doch dann besann sich das Zebra Heini und sprach: »Gut, ok, vielleicht habt Ihr ja recht … Wir sind alle unterschiedlich. Niemand hat sich ausgesucht, wer er is'. Wir haben eigene Träume, eigene Wünsche und 'ne ganz eigene Geschichte und wir können alle immer nur raten, was im andern vor sich geht. Aber wirklich fühlen können wir nur uns selbst. Und keiner von uns passt hier so richtig hin. Aber wir müssen nun mal mit den Freunden klarkommen, die wir haben, weil: Andere Freunde haben wir nich'!«

»Wow!«, sagte das Schwein mit großen, vor Rührung glänzenden Augen. »Das is' ja eine total tolle Moral der Geschichte!«

»Na super!«, rief der Tintenfisch: »Da können wir ja jetzt alle nach Hause gehen! Tschüssikowsky!«

»Wenn ich schnell fliege, bin ich zur Sportschau to huus! Also, macht's gut, Ihr Torfköppe!« sagte der Papagei.

»Haaaaalt!«, rief das Zebra Heini. »Wir sind noch

nich' fertig. Wir müssen doch noch nach Wacken-Düsterdeich!«

»Oh nee, geht das wieder los …«, sagten da die Tiere, die sich nach dem vorschriftsmäßigen Absondern einer Moral schon auf den Feierabend gefreut hatten. Doch sie gingen schließlich murrend mit.

Alsbald kamen sie an der dunklen Märchenküste an ein Häuschen, um das viele Fernsehkameras und Scheinwerfer herumstanden. Auch liefen dort viele mindestens zwei Meter große Dreitagebartträger mit Headsets herum, die unablässig telefonierten und in erster Linie damit beschäftigt waren, wichtig auszusehen, so wie dies bei Fernsehproduktionen allgemein üblich ist.

An dem Studio im Walde aber war ein großes Fenster und das Zebra sprach: »Ich will durchs Fenster hineinsehen, was darinnen vor sich geht!« Da wurde das Schwein auch neugierig. Weil aber der gestreifte Zebrahintern ihm die Sicht versperrte, sprang das Schwein kurzerhand auf den Rücken des Zebras. Da wollte der Tintenfisch nicht hintanstehen und er kletterte mit seinen acht Armen behände über den Hintern des Zebras auf den Rücken des Schweins. Und der Schweinerücken wurde ganz lila, weil sich die blaue Tinte des inkontinenten Tintenfischs mit seinem Rosa vermischte. Und der Papagei flatterte zu guter Letzt empor und setzte sich auf den Kopf des Tintenfisches.

Was sie aber im Saale erspähten, war ein Casting für DSMSDS – also für »Die schleswig-holsteinische Märchenküste sucht den Superstar!« – und an einer langen, gebogenen Theke saß Dieter Bi-Ba-Bohlen

aus Tötensen-Herzegowina, der abgefeimteste Pop-
musikfuzzi der gesamten Märchenküste. Und weil
sie so große Fans seiner prominenten Lederschnau-
ze waren, drückte sich der Papagei am Glas den
Schnabel platt, der Tintenfisch saugte sich mit seinen
Saugnäpfen an der Fensterscheibe fest, das Schwein
presste seinen Rüssel dagegen, so dass es von drinnen
aussah, wie eine Steckdose, und das Zebra lehnte sich
mit der Stirn gegen das Fenster und glotzte mit großen Augen hinein.

Doch weil das Sendestudio an der Märchenküste
aus Kostengründen von schwarzarbeitenden Heinzelmännchen aus Nordpolen gebaut worden war, gab
der schlecht befestigte Fensterrahmen nach und fiel
krachend und klirrend in den Saal – und mit ihm Zebra, Schwein, Tintenfisch und Papagei. Und weil alle
einen mordsmäßigen Schreck bekommen hatten, da
schrien sie während ihres freien Falls aus Leibeskräften!

Das hörte der Dieter Bi-Ba-Bohlen und er rief:
»Ey, Leude, was Ihr hier anbietet, da kriegt man ja
Ohrenkrebs von!« Doch dann fragte er die vier, wo
sie denn herkämen und als sie ihm ihre traurige und
rührselige Geschichte erzählt hatten, da rief der Dieter Bi-Ba-Bohlen voller Begeisterung: »Ihr könnt ja
überhaupt nich singen. Aber Eure Lebensgeschichte
lässt sich super verkaufen! Hammermäßig! Auf die
Mugge is' aber gepfiffen!« Und sogleich zog er einen
fetten Plattenvertrag aus der Tasche. Die vier Freunde überlegten nicht lange, griffen zum Tintenfisch
und unterschrieben. Dann lieh sich auch der Dieter

Bohlen kurz den Tintenfisch, schrieb seine Kündigung und ward nimmermehr gesehen.

Und so wurden die vier frischgebackenen Märchenwaldsuperstars auf eine Welttournee über den gesamten Globus der schleswig-holsteinischen Märchenküste geschickt. Doch nach einem Jahr kam schon niemand mehr, denn das Publikum hatte inzwischen mitbekommen, dass die vier überhaupt nicht singen konnten und dass man auf Lebensgeschichten nicht tanzen kann. Es folgten noch ein paar kleinere Auftritte auf privaten Gartenpartys und dabei stellte sich heraus, dass in den Gärten, in denen die Wackener Stadtmusikanten aufgetreten waren, die Maulwürfe allesamt Reißaus nahmen. Und so machten die Wackener Stadtmusikanten eine zweite Karriere als Schädlingsbekämpfer und wurden reich und hatten ihr Lebtag ein gutes Auskommen.

Doch eines Abends fragte der Tintenfisch Oktopussy das Zebra Heini: »Und was is' jetzt die Moral von der Geschichte?«

»Gute Frage. Da war doch eine! Vorhin. Wie war die noch gleich?«, sagte Heini.

Und der Papagei Manfred sprach: »Ich hätt's mir mal lieber aufschreiben sollen. Das war 'ne echt gute Moral, so viel weiß ich noch.«

Da sagte das Schwein: »Die beste Moral wäre gewesen, wenn ich was zu fressen gekriegt hätte. Weil: Erst kommt der Eimer Kartoffelschalen, dann kommt die Moral!«

Und da beschlossen die vier Freunde, sich das Märchen bei Gelegenheit noch einmal anzuhören und sich dann die Moral genau einzuprägen. Und das, liebe Kinder, solltet Ihr vielleicht genauso machen – falls Ihr die Moral der Geschichte vor lauter Lachen auch schon vergessen habt ...

König Trottelbart

*E*s war einmal vor gar nicht allzu langer Zeit, da regierte an der schleswig-holsteinischen Märchenküste der kugelrunde König Klaus Klops der Cholerische. Und der König hatte eine Tochter namens Schackeline, die war so schön wie ein frisch lackiertes Schleusentor.

Schackeline liebte es schon als Kind, König Klaus Klops den Cholerischen auf die Palme zu bringen. Einmal setzte sie einen klebrigen Froschkönig in sein Müsli und ein andermal, als gerade der Papst und seine Frau zum Grillen da waren, platzierte sie auf dem goldenen Campingstuhl des Königs ein Furzkissen. Deshalb musste die Palme im Burghof zweimal jährlich wegen Abnutzung erneuert werden, so oft war König Klaus Klops der Cholerische daran heraufgestiegen.

Doch als das Mädchen heranwuchs und eines Tages so schön ward, wie zwei frisch lackiertes Schleusentore, da mietete der kugelrunde König Klaus Klops das Internet der gesamten schleswig-holsteinischen Märchenküste. Und er rollte vor seinen Rechner, ging live bei seinem facevolk bei facebook und er sprach: »Zwei Tage soll im Internet nichts anderes geschrieben stehen, als dass mein hinreißendes Töchterlein, Prinzessin Schackeline, die so schön ist, wie zwei frisch lackierte Schleusentore, einen Gemahl sucht, zwecks sofortiger Eheschließung! Spätere Heirat nicht ausgeschlossen!«

»Hähä!«, lachte da Prinzessin Schackeline. »Das war ja voll peinlich, Papi!«

Und der kugelrunde König Klaus Klops der Cholerische, rollte unflätig fluchend die Wand hoch, die Decke des Thronsaales entlang, einmal um den Kronleuchter herum und auf der anderen Seite des Raumes wieder herunter, so sehr ärgerte er sich über seine freche Tochter. Den Rest des Tages verbrachte er auf der Palme im Burghof.

Bald kamen viele heiratslustige Männer zur prächtigen und wehrhaften Burg des Königs irgendwo inmitten der saftigen, schleswig-holsteinischen Botanik. Und sie staunten über all den Prunk, über den goldenen Zementmischer der königlichen Burgbaustelle, sie staunten über all die edelsteinverzierten Bettler, die vor dem Burgtore lungerten und sie staunten vor allem über das goldene Dixi-Klo des Königs.

Nun wurden die Freier in der prächtigen Thronstube alle nach Rang und Stand geordnet; erst kamen die Könige, dann die Reeder und Werftbesitzer, die Lottogewinner, die Start up-Unternehmer, die Ölscheichs und dann die Influenzer, zuletzt die Thermomixvertreter. Und die Webdesigner wurden gar nicht erst eingelassen.

Darauf schritt die Prinzessin die Reihen ab, und wenn sie auf einen zeigte, so musste der vortreten und dem Prinzesschen artig einen Antrag machen. Doch weil sie es liebte, ihren cholerischen Vater zu ärgern, hatte sie sich vorgenommen, alle Bewerber abblitzen zu lassen. Bald zeigte sie auf den ersten, und der trat vor und sprach: »Moin, moin, ich bin der Dr. Mahnegold, Martin. Ich bin Vorstandsvorsitzender vom Zeitungskiosk in der Scharnhorststraße. Meine Hobbys sind: zuhause Volkstanz und in der Firma Affentanz.«

»Jaja,« sagte da die Prinzessin Schackeline, »aber im Schlafgemach is' dann Totentanz! Palastwache! Der Dr. Mahnegold hat sich 'ne Erfrischung verdient!«

Und die zwei Meter großen, grunzenden Brutalos von der Palastsecurity ergriffen den armen Dr. Mahnegold, führten ihn auf die höchste Zinne der Burg und warfen ihn in hohem Bogen in den Wassergraben. Und Dr. Mahnegold sprach: »Ahhhhhhhhh!« Platsch!

Der kleine kugelrunde König Klaus Klops der Cholerische rollte vor Ärger im Dreieck und er brüllte: »Ja so ein Schiet mit dem Schiet! Zweihundert Puls hab ich bald, duuuu! Tut das Not, dass Du meinen Dr. Mahnegold so behandelst? Der hat mir quasi schon mal das Leben gerettet mit seiner Bude, als die königliche Bierkammer leer war! Du bist wohl ramdösig geworden!?«

Und vor Wut biss er einen Zacken aus seiner goldenen Krone.

Doch seine ungezogene Tochter hatte schon auf den nächsten heiratslustigen Mann gezeigt. Und es trat ein glutäugiger Araber mit einem prächtigen edelsteinverzierten Krummsäbel vor: »Ich bin der Hadschi …«

Und alle im Saale riefen wie aus einer Kehle: »Gesundheit!«

Doch der Araber sprach: »Danke! Ich fang noch mal an: Ich bin der Hadschi Halef Omar Ben Hadschi Abul Abbas Ibn Hadschi Dawuhd al Gossarah. Von Beruf bin ich Ölscheich in Festanstellung. Und in meiner Freizeit sammle ich Frauen! Und weil die Schackeline so schön is' wie zwei frisch lackierte Schleusentore, biete ich gleich mal siebenundzwanzig Kamele!«

»Los! Schackeline! Siebenundzwanzig Kamele! Das machen wir!«, rief da der König Klaus Klops der Cholerische. »In der arabischen Schwackeliste stehst Du für achtzehn!«

»Aber, Papi! Der hat doch'n viel zu langen Namen. Wenn ich den zum Mittagessen mit seinem vollen Namen anspreche, dann is' das Labskaus kalt, bevor ich fertig bin. Und außerdem: Wie kann man nur mit 'nem derart verbogenen Säbel rumlaufen? Palastwache! Der Hadschi Halef Dingsbums kriegt 'ne Ehrenkarte für'n Streichelzoo!«

Und die Palastwächter, die so breit waren wie eine Schrankwand mit Vitrine und so dämlich wie ein Kartoffelknödel im Kochbeutel, ergriffen den armen Hadschi Halef Omar und warfen ihn in den Bärenzwinger.

Der kugelrunde König Klaus Klops der Cholerische hatte indessen vor Wut zwei weitere Zacken von seiner Krone abgebissen und brüllte: »Das kannst Du doch nich' machen! Die Bären sind doch auf Diät! Und außerdem: Wo soll ich denn jetzt das Heizöl für unsere Burg herkriegen, wenn Du mal eben den einzigen Ölscheich an der schleswig-holsteinischen Märchenküste als Bärenchappi verfütterst? Du Torfkopp!«

Und wieder biss er einen Zacken aus seiner Krone.

Seine Tochter hatte indessen schon auf den nächsten Freier gezeigt.

Doch weil der beim Vortreten stolperte, sagte Prinzessin Schackeline: »Haha! Zu blöd zum Laufen! Freikarte für den Escape-Room!« Und die Palastwache warf ihn in Ketten in den Kerker.

So ging es in einer Tour fort, und König Kurt der Cholerische biss einen Zacken nach dem anderen aus seiner goldenen Krone. Und er fluchte wie eine alleinerziehende Mutter im Homeoffice.

Schließlich kam die Schackeline zu einem König. Der war so schön gewachsen wie eine Sylter Seegurke und hatte doch einen Makel: Er hatte von einem Reitunfall ein ganz schiefes Kinn und dazu einen albernen Zwirbelbart wie Horst Lichter. Und Schackeline sprach: »Ha! Du siehst ja aus wie 'n Trottel! Für mich bist Du der König Trottelbart! Und tschüss!«

Und der König bekam von der Palastwache einen Tritt in sein edelsteinverziertes Hinterteil und flog in hohem Bogen aus der Burg. Und alle lachten über den verschmähten und entehrten König und nannten ihn fortan nur noch den König Trottelbart.

Da platzte dem kugelrunden König Klaus Klops dem Cholerischen endgültig der Kragen. Und sein mit lautem Knall wegfliegender Kragenknopf schoss einen irdenen Krug entzwei, der voller klebrigem

Küstennebellikör gewesen war. Und der Leibdiener des Königs sprach: »Das kann ja wo gar nich angehn! Also ich mache die Sauerei nich weg!«

Inzwischen war der König in den Burghof gerollt und auf seine Palme im Burghof gestiegen, während sich der Himmel mit finsterem Grollen zuzog. Und mit zum Schwur erhobener Hand rief König Klaus Klops der Cholerische in das dunkle, düster-dramatisch drohende Wolkengebirge: »Beim Barte meiner Mutter! Der Blitz soll mich auf meinem goldenen Dixie-Klo treffen, wenn ich meine nichtsnutzige Tochter nicht mit dem erstbesten Plattfisch verheirate, der in meine Burg kommt!«

»Das kannst Du doch nich' machen, Papi!«, rief Prinzessin Schackeline entsetzt. »Is das nich' das gleiche wie Zwangsheirat?«

»Äh! Da musste die Gebrüder Grimm fragen!«, bellte König Klaus Klops der Cholerische. »Ich hab das Märchen ja nich' geschrieben! Heb Dir Deine blöden Fragen für'n Ethikunterricht auf! Und jetzt mach weiter, wie's im Text steht und wie wir's geprobt haben!«

»Pff... Also manchma bist Du 'ne richtige Diva. Iss ma 'n Snickers!«, sagte die Schackeline schnippisch. »Du nimmst Deinen saudämlichen Schwur jetzt sofort zurück!«

Doch König Klaus Klops winkte ab: »Schwüre kann man nich' zurück nehmen! Das bleibt ein Leben lang. Genau wie ein schlecht tätowiertes Arschgeweih! OK... Ich hab' vielleicht vorhin büschen überreagiert. Geb' ich ja zu. Aber ich hab' halt keine Lust, bei Gewitter als gebratene Grützwurst in einem brennenden Klohäuschen zu enden! Schwur is' Schwur. Da musst Du jetzt auch mal Verständnis haben!«

Da weinte die Prinzessin Schackeline wie ein undichter Siphon unterm Waschbecken in der Schultoilette.

Als am nächsten Tage ein ungelenker Computernerd namens Mirko Quarkbein in die Burg kam, um den mit roten Rubinen besetzten WLAN-Router des Königs gegen ein noch schöneres Modell mit grünen Smaragden auszutauschen, sprach König Klaus Klops der Cholerische: »Moin, Mirko Quarkbein, also wenn ich das richtig mitgekriegt habe, dann bist Du neunundzwanzig Jahre alt, hast fettige Haare und ein abgebrochenes Informatikstudium. Und Du wohnst immer noch bei Deiner Muddi in der Gartenlaube. Wie wär's denn da zur Abwechslung mal mit heiraten?«

Da sprach der Mirko: »Schön wär's! Aber ich hab' ja so ein Pech mit den Frauen. Alle Frauen, die ich kennengelernt hab', das waren überhaupt keine!«

»Tscha. Vielleicht gehst Du auch einfach bloß auf St. Pauli in Hamburg-Herzegowina in die falschen Kneipen?!«, sagte der kugelrunde König Klaus Klops der Cholerische und freute sich, dass der Mirko so dämlich war wie eine Schüssel gebratene Blutwurst. Damit war er der ideale Vollpfosten, um die ungezogene Tochter an den Mann zu bringen. Und er rief: »Schacki, komm mal her! Herzlichen Glückwunsch zum neuen Ehemann! Ich nehm' jetzt sofort die Trauung vor!«

Doch Schacki sagte: »Hast Du Schiffslack gesoffen, oder was? Du bist doch gar kein Pfarrer, Papi!«

König Klaus Klops der Cholerische, der erneut kurz vor der psychosozialen Kernschmelze stand, brüllte: »Kein Pfarrer? Darf ich mal dran erinnern, dass ich hier der König bin! Zählt das heutzutage denn gar nix mehr, oder was?«

Der Mirko gab altklug zu bedenken: »'n König ist kein Pfarrer! Aber wenn wir zufällig 'n Kapitän da hätten, der würd's auch tun! Der könnte uns nach Seerecht verheiraten.«

»Haha! Du bist ein Pappkopp!«, rief die Schackeline. »Also Deine Tischtennisplatte stand beim ›Chinesisch‹ auch ganz schön nahe an der Wand! Seerecht auf 'ner Burg? So ein Quark!«

»Aber um die ganze Burg is doch 'n Wassergraben außenrum!«, gab der Mirko triumphierend zurück. »Na, wer is' jetzt der Pappkopp? Du musst einfach auch mal selber denken!«

»Ruhe in der Thronstube!«, tobte König Klaus Klops der Cholerische. »König is' Trumpf! Ich darf alles! Und deshalb erkläre ich Euch hiermit zu Mann und Frau! Mirko Quarkbein, Du darfst die Schackeline jetzt küssen.«

Doch weil der Mirko nur über theoretische Erfahrungen in Sachen Frauen verfügte, machte er sich sogleich über die Schackeline her wie ein Berner Sennenhund über einen Ring lauwarme Kalbsleberwurst.

Und alle im Saale wünschten sich hinterher, so etwas nie gesehen zu haben.

Der kugelrunde König Klaus Klops der Cholerische sprach: »Da wär' das ja auch erledigt! Ich bin vom vielen rumtoben ganz hungrig geworden! Macht's gut, Ihr Spacken!«

Und er rollte zur königlichen Dönerbude und holte sich einen edelsteinverzierten Döner mit extrascharfen Diamanten.

Der Mirko Quarkbein nahm seine neue Frau Schackeline Quarkbein bei der Hand und führte sie in die schmuddelige Laube seiner Muddi, in der sich die Pizzakartons neben dem Computer stapelten und eine Vielzahl leerer Colaflaschen herumstand, so dass jedem armen Pfandsammler die Freudentränen gekommen wären.

Doch Prinzessin Schackeline weinte in der ranzigen Laube bittere Tränen der Reue:

»Mein Keks is weich, mein Brot is hart,
ach, hätt' ich genommen den König Trottelbart!«

Und der Mirko sprach: »Das kann ja wohl nich angehn!? Wir sind frisch verheiratet und Du jammerst schon 'nem andern hinterher? Mach Dich lieber nützlich! Gucke lieber, dass Du n anständiges Abendbrot auf den Tisch kriegst.«

Schackeline sagte: »Ja, wie denn? Du hast doch gar keine Küche!«

Der Mirko schüttelte nur den Kopf. »Du bist ja so nutzlos wie 'n Sandkasten mitten in der Wüste! Bestell einfach 'ne Pizza! So mach ich das auch.«

Doch weil die Ex-Prinzessin Schackeline keine Nummer von einem Pizzalieferdienst hatte, musste er seine Pizza selbst bestellen. Und der Mirko wurde nicht müde, den eingeschränkten Funktionsumfang seines frisch angetrauten Eheweibs zu beklagen.

Nach dem Essen sprach der Mirko: »Also Schackeline, so schnell wie Du Dir grade die Pizza reingedreht hast, kannst Du hoffentlich auch arbeiten! Du weißt, ich repariere hier Computer und Haushaltsgeräte und so 'n Kram, und jetzt haben mir die Gebrüder Grimm gerade 'ne Ladung kaputte Trolle geschickt.«

Schackeline fragte: »Kaputte Trolle?«

»Ja«, sagte der Mirko. »Die ham alle 'n Softwarefehler. Die sind alle ganz lieb statt böse. Und das geht ja so nich'. Da muss die Speicherkarte getauscht und 'n Reset gemacht werden.«

Und der Mirko stemmte mit dem Brecheisen eine hölzerne Kiste auf, aus der viele kleine Trolle sprangen: kleine, wilde, bärtige Männlein in abgeschabten Tweetanzügen. Doch statt sofort eine deftige Trollschlägerei anzufangen, spazierten sie vollkommen wohlerzogen umher, lüpften ihre zerknautschten Hüte zum Gruß und zitierten Goethe, Kant, Aristoteles, Hannibal, Dschinghis Khan und Attila Hildmann.

Da sprach die Schackeline: »Oh ja! Jetzt seh ich's auch. Die sind ja vollkommen durch. Wo ham die denn ihr'n Memory Slot?«

Und der Mirko nahm einen der Trolle, beugte ihn nach vorne, zog ihm die Hose herunter und zeigte der Schackeline den Schlitz für die Speicherkarte.

»Das hätt ich mir ja eigentlich denken können«, seufzte die Schackeline und zog mit spitzen Fingern die Speicherkarte aus dem Troll und schob eine neue hinein.

Und der Troll sprach: »Du hast wohl grad 'n Schneemann gebaut, oder warum hast Du so kalte Flossen?«

Nacheinander tauschte die Schackeline alle Speicherkarten aus, doch als sie die Trolle danach wieder auf Werkseinstellung zurückgesetzt hatte, da wurden sie so böse wie es sich für funktiontüchtige Trolle gehört, und sie fielen über die arme Schackeline her wie eine Kindergartengruppe über einen Teller Fischstäbchen und verpassten ihr eine all-you-can-eat-Portion Trollkeile.

»Das is für Deine kalten Griffel!«, riefen sie, bissen, kratzten und zwickten und die bösen Männlein ließen erst ab, als der Mirko den Märchenküstensender R.SH einschaltete und bis zum Anschlag aufdrehte. Da nahmen die Trolle reißaus in den Märchenwald, denn, liebe Kinder, Trolle hassen hochwertige, zeitgenössische Popmusik.

Und der Mirko sprach: »Das kannst Du also auch nich'! Aber Du bist nun mal schön, wie zwei frisch lackierte Schleusentore, deswegen machst Du jetzt 'ne Instagrimmkarriere! Hier hast Du 'n Bikini! Ich hol die Kamera.«

Doch kaum hatte Schackeline die Bikini-Fotos auf dem sozialen Netzwerk der Gebrüder Instagrimm hochgeladen, da prasselten die bösen Kommentare nur so auf sie hernieder. Und die User schrieben viele hässliche Dinge, unter anderem, dass sie wohl Instagrimm mit den Weight Watchers verwechselt hätte und einer sagte, der Elefant aus dem Zoo hätte angerufen, weil er seinen Hintern wiederhaben wolle. Und viele männliche User schickten unaufgefordert Fotos ihrer Einhandhebelmischbatterie, garniert mit Angeboten für einschlägige Installationsarbeiten. Da heulte die Schackeline wie eine schlecht geölte Schubkarre auf der Schwarzbaustelle und der Mirko Quarkbein sprach: »Als Influenzerin bist Du also auch nich' zu gebrauchen. Na Du bist ja ungefähr so nützlich wie 'n Kühlschrank in der Antarktis. Ich frag mal in der Pizzeria, ob die 'ne Tellerschubse brauchen.«

Und der Schackeline half kein Jammern, sie musste von nun an in der Pizzeria aushelfen. Da musste sie die sauerste Arbeit tun und im Frühjahr, Sommer, Herbst und Winter Pizza vier Jahreszeiten backen.

Manchmal, wenn eine Pizza nur zum Scherze bestellt worden war, oder sie nicht abgeholt wurde, dann durfte sich die Schackeline die Pizza mitnehmen. Davon ernährte sie sich und den Mirko Quarkbein. Und damit die Pizza warm blieb, versteckte sie sie immer unter ihrem Rock.

Eines Tages musste sie eine Pizza Audi Quattro mit extra Edelsteinen an den Hof des Königs Trottelbart ausliefern, wo gerade ein rauschendes Fest im Gange war. Und um einen Blick zu erhaschen, auf all die Pracht und Herrlichkeit, auf die reichen Edelleute und ihre botoxabhängigen, schlauchbootlippigen

Ehefrauen, stellte sie sich vor die Saaltüre und blickte durchs Schlüsselloch. Doch sogleich flog die riesige Flügeltüre auf und vor Ihr stand ein König in kostbarem Gewand. Und um ein Haar hätte sie ihn nicht erkannt, doch weil er aussah wie ein Trottel, so erschrak sie sehr, denn es war der König Trottelbart, den sie als Freier mit Hohn und Spott abgewiesen hatte.

Weil die Schackeline so schön war wie zwei frisch lackierte Schleusentore, wollte der junge König Trottelbart sogleich mit ihr tanzen und er sprach: »Ein Lied, zwo, drei, vier!«

Und sofort begann die Band ein Elvis Presley Medley zu spielen und er griff die Schackeline, so sehr sie sich auch dagegen sträubte, und wirbelte mit ihr über das Parkett in einem wilden Rock'n'Roll-Tanz. Doch nachdem er gegen ihren ausdrücklichen Willen einige Hebe- und Wurffiguren mit der Schackeline vollführt hatte, da lösten sich die Pizzen unter ihrem Rock und flogen wie die Frisbees im Saale umher. Und eine Pizza Vierjahreszeiten drehte sich in der Luft so schnell, dass sie in der Mitte auseinanderriss und der Sommer und der Herbst in die eine Ecke des Raumes flogen und Winter und Frühling in eine andere. Und eine Pizza Hawaii landete wie eine Mütze auf dem Kopf von König Klaus Klops dem Cholerischen.

Sein Leibdiener und Ankleider Guido Quietschmar sprach: »Also, Majestät können sowas tragen! Das steht auch nich jedem! Majestät haben den idealen Döötz für so was!«

Und König Klaus Klops der Cholerische tobte:

»Welcher Idiot hat diese an und für sich wunderbare Pizza mit Ananas versaut? In den tiefsten Kerker mit dem Schweinehund!«

Der ganze Saal und die ganze Gesellschaft lachten über die arme, dumme Schackeline, die mit Pizza unter dem Rock zum Rock'n'Roll-Tanzen gekommen war.

»So ein Schiet!«, rief Schackeline, lief rot an wie ein Hummer im Kochtopf und rannte davon, so schnell sie ihre vier Kilo schweren Eichenholzpantoffeln trugen.

Doch schon auf der Treppe wurde sie von einem Manne eingeholt, der listig rief: »Na sowas! Hier gibt's ja Schuhe im Sonderangebot!« Da verfiel die schöne Schackeline Quarkbein sofort in die, für Schuhsonderangebote typische, Saustarre.

Da brauchte der Mann sie nur noch wie einen Plastiksack voll Rindenmulch über seine Schulter zu werfen und sie zurück in die Thronstube zu bringen. Dort sprach er ihr freundlich zu: »Fürchte Dich nicht, Schackeline! Ich hab' Dich bloß 'n büschen geprankt. I bims doch bloß, der Mirko Quarkbein! Ich hab' mich doch nur verkleidet und meinen Horst Lichter Bart abrasiert – und Du Dusseldassel hast das voll geglaubt! Und ich muss dir noch was sagen: Die Trolle, die Dich vermöbelt haben, die hab' ich selbst so programmiert! Du hättest ma' Dein Gesicht seh'n soll'n! LOL! Und all das hab' ich nur gemacht, um Deinen stolzen Sinn zu beugen und Dich für Deinen Hochmut zu strafen, mit dem Du mich verspottet hast! Aber das Allerbeste kommt zum Schluss: Der

Shitstorm wegen Deinem fetten Mors bei Instagrimm, das bin auch ich gewesen! Dann können wir ja jetzt heiraten, oder?!«

»Nicht so schnell!«, rief da die Schackeline. »Ich heirate doch nich' die Katze im Sack! Dreh Dich mal um, damit ich Dich auch mal von hinten sehn kann!«

Und sogleich drehte sich der König Trottelbart alias Mirko Quarkbein um und zeigte der Schackeline sein prächtiges, edelsteinverziertes Hinterteil. Doch statt es fachmännisch zu vermessen oder wenigstens wohlwollend zu begutachten, holte Schackeline weit aus und trat dem König Trottelbart mit solcher Wucht in seinen königlichen Mors, dass er in hohem Bogen kopfüber ins kalte Buffet flog, wo er mit seiner königlichen Rübe in einem Sektkühler steckenblieb. Und die Schackeline tobte: »Der Shitstorm wegen meinem dicken Mors – das warst DUUUU??? Was stimmt denn mit Dir nich', Du Schietbüdel? Drei Monate hab' ich rund um die Uhr heulend vorm Spiegel gestanden und seit nem Dreivierteljahr bin ich deswegen in Psychotherapie, schiet Dir wat, Du Dummsnut!! Zweihundert Puls hab ich bald, duuu!«

Und der kugelrunde König Klaus Klops der Cholerische, der noch immer mit seiner Pizzamütze Hawaii im Publikum saß, hörte seine Tochter Schackeline so garstig schimpfen und sprach mit Tränen der Rührung in den Augen: »Zweihundert Puls hat sie, meine Kleine! Ganz der Vaddi! Schnief! Ich bin sooo stolz! Jetzt is' zum Glück doch noch was aus ihr geworden!«

Inzwischen war der König Trottelbart aus den rauchenden Trümmern des Buffets emporgestiegen und

irrte mit dem Sektkühler auf dem Kopf orientierungs-
los durch die Thronstube. Und es musste erst der
Schmied gerufen werden, der mit drei seiner stärks-
ten Gesellen herbeikam, um den König Trottelbart zu
befreien. Lange mussten sie den Sektkühler mit ihren
schweren Vorschlaghämmern bearbeiten, ihn mit
Waltran einschmieren und daran ziehen, bis er sich
mit einem lauten Plopp vom Kopf des Königs löste.

Und König Trottelbart sprach: »Aua. Kann ich ma'
bitte 'n Eisbeutel und zwei Aspirin haben?«

Doch als die Schackeline nun sein Gesicht sah, da
stand ihr Herz sogleich vor Liebe in Flammen, denn
die stark behaarten Schmiedegesellen hatten mit
ihren Vorschlaghämmern durch einen glücklichen
Treffer auch das schiefe Kinn des Königs Trottelbart
wieder gerade gebogen. Und weil dies sein einziger
Makel gewesen war, ward der König Trottelbart nun
der schönste Mann an der schleswig-holsteinischen
Märchenküste.

Und die Schackeline sprach: »Also: Für mich is'
auch die sechste Stunde, nä! Und wir wollen ja auch
bloß nach Hause. König Trottelbart – Du und ich
sind ja jetzt quasi quitt. Da können wir jetzt auch heiraten, aber schnell. Ich steh nämlich unten im Burg-
parkhaus und das wird langsam teuer! Hier muss
man nämlich jede angefangene Stunde voll blechen.
Also? Wird's bald?«

Da heiratete der König Trottelbart ganz schnell die
Schackeline und sie schaffte es gerade noch aus der
Tiefgarage, ohne eine neue Stunde angefangen zu ha-

ben. Und die beiden lebten fröhlich und quietschver-
gnügt bis an ihr Lebensende. Und sie bekamen un-
zählige, bildschöne Kindelein. So viele, dass es gar
nicht auffiel, wenn sich der Fuchs ab und zu mal eins
holte ...

Der Hase und der Mettigel

Diese Geschichte hört sich ziemlich lügenhaft an, liebe Kinder, aber wahr ist sie doch, denn mein Großvater, der sie nach einem Kasten Eierlikör immer zu erzählen pflegte, sagte stets: »Alles, was ich sage, stimmt, Du Hohlbirne! Die Storys aus'm Krieg, die Geschichte vom Pferd, die Sache mit der Hose und der Kneifzange und natürlich auch die Geschichte vom Hasen und dem Mettigel! Also setz Dich hin und halt 'n Sabbel!«

Und auch wenn der Opa seine Hausschuhe manchmal in den Kühlschrank stellte und die Butter ins Schuhregal, gibt es keinen Zweifel, dass die Sache sich genau so zugetragen hat!

Es war an einem Sonntagmorgen zur Frühlingszeit, gerade als die Radieschenbäume blühten, der Morgenwind ging warm über die Strände der schleswig-holsteinischen Märchenküste, der Mopedklub *Heiße Feile Husum* traf sich zur sonntäglichen Knattertour und alle Bewohner des Märchenküste waren guter Dinge, während sie sich fein angezogen auf den Weg zur Märchenkirche machten – wo sie aber niemals ankamen, denn kurz davor war eine Kneipe mit Biergarten. Alle Kreatur war vergnügt, nur einer nicht: Der Hase Ralf Roman Rammler.

Und er fluchte: »So ein Schiet, mit dem Schiet! Zweihundert Puls hab' ich bald, duuu! Gibt's denn an der ganzen blöden Märchenküste nix Anständiges zu mampfen, oder was? Dauernd nur Möhr'n, Möhr'n, Möhr'n, immer nur Lauch und Rosenkohl, ich kann's bald nich' mehr seh'n! Und nebenbei bemerkt, ich kann auch nich' mehr aufhören, zu furzen! Fresst Euern vegetarischen Tüddelkram doch selber! Ich will endlich ma' was Kräftiges! Sonst fall ich hier vom Stängel! Wie ein reifer Kürbis vom Kürbisbaum!«

Sprach's, ging in die Kneipe mit Biergarten vor der Märchenkirche und bestellte sich einen Mettigel und einen Kamillentee.

Bald brachte ihm die dralle Bedienung einen prächtigen Mettigel mit lustig funkelnden Äugelein und einem Stupsnäschen aus schwarzen Oliven und einem dichten Stachelkleid aus frischen Zwiebeln.

Da war's der Hase zufrieden, griff sich an den Kopf, schraubte einen seiner Löffel ab und wollte schon gierig zu essen beginnen.

Doch da sprach der Mettigel: »Sach ma, Du Einohrhase, bei dir piept's wohl? Du kannst mich nich einfach fressen. Hast du als Kind zu heiß gebadet, oder was? Darf ich dich freundlich dran erinnern, dass du Vegetarier bist?«

Da staunte der Hase Ralf Roman Rammler und sprach: »Ein sprechender Mettigel!! Du hast wohl zu lange in der Wärme gestanden – seit wann sind'n Mettigel lebendig? Oder hab' ich wieder ma' aus Verseh'n zu viel Zauberpilze gefressen?«

Doch der Hunger des Hasen war so groß, dass er

alle Zweifel vergaß und mit seinem Löffel weit ausholte, um ihn dem Mettigel in den Wanst zu rammen und ihn an Ort und Stelle zu verspeisen.

Im letzten Moment rief der Mettigel: »Halt! Warte Hase! Wenn Du mich frisst, dann lieg ich Dir so schwer im Bauch, dass Du vor lauter Verdauung nur noch lahmarschiger wirst, als Du's eh schon bist!«

Das konnte der Hase nicht auf sich sitzen lassen und rief empört: »Lahmarschig? Ich? Der Hoppelhase himself? Der Chefhoppler? Der Hoppelboss? Du hast se wohl nich' mehr alle? Ich bin der schnellste Läufer an der kompletten schleswig-holsteinischen Märchenküste!! Gut, der Wolf is vielleicht etwas schneller, aber auch nur, wenn das Rotkäppchen hinter ihm her ist!«

Da erwiderte der listige Mettigel: »Das glaubst aber auch bloß Du! Lass uns doch einfach ma' zum Spaß um die Wette rennen – ich fette Dich so dermaßen ab, Alder, dass Du qualmst, Du Schnecke!«

Da lachte der Hase und sprach: »Sei's drum! Aber wenn ich Dich besiege, dann fress' ich Dich!«

»Abgemacht!«, sprach da der Mettigel. »Wir starten von hier aus und das Ziel ist die Schänke ›Zur schmutzigen Gabel‹ in St Peter Ording-Düsterdeich! Das is' ein ordentliches Stück, da kannst Du ja ma' zeigen, was Du draufhast!«

Doch die letzten Worte hatte der Hase schon nicht mehr gehört, denn er war bereits aufgesprungen und losgerannt.

Da grinste der Mettigel so fettig, wie nur ein Mettigel grinsen kann, und in aller Ruhe holte er sein

Handy hervor und loggte sich ein: bei Mettigelbook in die Gruppe »Schleswig-Holsteinischer Mettigelverband e. V.«

Dort gab es stets ein turbulentes Treiben und erregte Diskussionen über den Klimawandel im Kühlschrank, verschiedene Verschwörungstheorien über Salmonellen und Trichinen oder die Bewegung #Mettigelforfuture.

Er fragte in die Gruppe: »Moin Leute, ma hergehört, is' zufällig grade jemand von Euch in der Schänke ›Zur schmutzigen Gabel‹ in St. Peter-Ording-Düsterdeich?«

»Ja, ich!«, meldete sich alsbald die Mettigelin Inge und sie schrieb: »Ich werd' hier gerade zubereitet, hahaha, hihihihihi, hohohoho …«

»Was gibt's 'n da zu lachen?«, fragte der Mettigel, und die Mettigelin Inge antwortete: »Hihihi, der Koch steckt mir grade Zwiebeln in den Rücken und das kitzelt so schön! Aber Spaß beiseite, was kann ich denn für Dich tun?«

»Pass auf, Inge …«, schrieb der Mettigel, »…da kommt gleich so ein bescheuerter Hase mit nur einem Löffel, der denkt, dass er mit mir gerade um die Wette rennt. Dem sagst Du einfach: ›Bin schon da!‹ Der Rest ergibt sich dann von ganz alleine!«

Die Mettigelin Inge fragte verdattert: »Was'n das für 'ne alberne Challenge? Aber was soll's, wir sind hier ja im Märchenküsteninternet auf Mettigelbook, und da muss man bekanntlich bei jedem Scheiß mitmachen, sonst gehört man ja garnich' dazu. Also gut, ich bin dabei!«

Der Mettigel dankte ihr von Herzen: »Tip-Top Sachverhalt, Inge, genau so machen wirs, melde Dich einfach, wenn der Torfkopp da war.«

Und so geschah es dann auch, liebe Kinder! Der Hase kam völlig außer Atem, aber siegesgewiss bei der Schänke ›Zur schmutzigen Gabel‹ an und rief: »Erster!«

Doch die Mettigelin Inge rief aus der Küche: »Bin schon da!«

Der Hase traute seinem einen Löffel nicht und hoppelte in die Küche.

Erstaunt sprach er: »Das kann doch wohl nich' wahr sein! Wie hast'n du das gemacht, du hast doch nich' ma Beine, du Fleischklops?«

»Und was is' bitteschön das hier?«, rief die Mettigelin Inge und zeigte ihm ihre schlanken, langen Beine aus Salzstängelein.

Da sprach der Hase Ralf Roman Rammler: »Also, da ist doch was schiefgelaufen, das machen wir auf der Stelle noch mal! Auf die Plätze, fertig, los!« – und schon rannte er wieder los, dass es in der schmuddeligen Küche nur so staubte. Der Hase rief noch: »Wer als erster wieder im Biergarten ›Zur fleckigen Schürze‹ neben der Märchenkirche is', hat gewonnen!«

Und schon war er über alle sieben brennenden Reifenstapelberge und rannte, so schnell er nur konnte.

Wie verabredet, gab die Mettigelin Inge dem Mettigel über Mettigelbook Bescheid, dass der Hase bei ihr gewesen war und sie auch getan hatte, wie ihr geheißen ward – und, dass der dämliche Hase voll auf den Trick hereingefallen war.

»Klasse Prank!«, schrieb sie noch. »Gerne wieder!«

Der Mettigel sendete der Mettigelin Inge ein fröhlich tanzendes Mettigel-Emoji und das GIF eines pochenden Hackfleischherzens.

Da freute sich die Mettigelin Inge sehr und schickte dem Mettigel ein Selfie mit Beauty-Filter, auf dem sie aussah, als wäre sie aus ganz frischem Hackfleisch.

Da wurde dem Mettigel ganz warm ums gehackte Herz und er wollte ihr gerade schon ungefragt ein Bild von seinem Salzstängelein schicken, da flog das Tor zum Biergarten zur schmutzigen Schürze neben der Märchenkirche auf.

Und der Mettigel sprach: »Bin schon da!«

Da reiherte der Hase dem Mettigel vor lauter Erschöpfung eine kleine Portion Kaisergemüse vor die Füße und rief: »Ich wird' noch ramdösig hier, seit wann sind denn Mettigel so schnell? Also, dass die manchmal schnell wegmüssen, dafür hab' ich ja Verständnis, aber noch nie is' ein Mettigel auf der Langstrecke schneller gewesen, als ein Hase! Du hast wohl zu nahe an der Wand geschaukelt? Gleich nochma', Mettigel! Noch hast Du nich' gewonnen! Los geht's, ich hab Kohldampf!«

Sprach's und war schon wieder auf dem Weg in die Schänke ›Zur schmutzigen Gabel‹ in St. Peter Ording Düsterdeich.

Sogleich holte der Mettigel wieder sein Handy heraus und schickte der Metigelin auf Mettigelbook eine Privatnachricht.

»Moin, Inge, ich noch mal …«, schrieb der Mettigel, »… gleich kommt der bescheuerte Hase wieder vorbei! Wir machen's genau wie vorhin, sag einfach wieder: ›Ich bin schon da!‹ ... Aber ma' was Anderes, hast Du eigentlich 'n Freund?«

»Nee!«, schrieb die Mettigelin Inge kokett zurück, »Beziehungsstatus: solo!«

Und der Mettigel wunderte sich: »Also, das kann doch gar nich angehn, so eine hübsche Mettigelin, mit solchen schönen schwarzen Oliven-Augen und einem Haufen Mett vor der Hütte hat noch keinen Mettbewohner?«

Die Mettigelin schrieb schnippisch zurück: »Ich nehm halt nich' jeden! Die meisten Mettigelmänner sind entweder warm, verdorben oder gammeln nur auf der Anrichte rum!«

Da fasste sich der Mettigel ein Herz und schrieb der Mettigelin Inge ein Liebesgedicht:

»Die Hackfresse so zuckersüß,
der Leib aus Fleisch und Fett...
Für mich bist Du wie ein Tartar -
und nich' wie schnödes Mett!«

Die Mettigelin Inge fühlte sich geschmeichelt – doch bevor sie zurückschreiben konnte, stand schon wieder der Hase japsend vor ihr.

Da rief sie schnell: »Bin schon da!«

Und der Hase erwiderte: »O, nääääää!« und rannte gleich wieder los.

So ging das dreiundsiebzig Mal hin und her, liebe Kinder. Und während der Einohrhase Ralf Roman Rammler sich die Keulen ablief, chatteten die beiden Mettigelein miteinander, bis ihre kleinen Hackfleischherzen vor lauter Liebe um ein paar Grad wärmer wurden, als die Hackfleischpolizei erlaubt.

Als der Hase aber zum vierundsiebzigsten Male in der Schänke ›Zur schmutzigen Gabel‹ in St. Peter Ording Düsterdeich aufschlug, fiel er aus Versehen tot um und gab seinen letzten Löffel auch noch ab. Und der Koch sprach: »Ei, kucke ma da! Was ham wir denn da, 'nen Hasen? Kann mich gar nich' erinnern, dass ich den bestellt hab'? Aber ist doch Klasse, da gibt's heute Mittag Hasenbraten! Dann kann ich endlich den vergammelten Mettigel von der Karte nehmen ...«

»Hurra, ich bin frei!«, rief da die Mettigelin Inge vor Freude, sprang aus der Biotonne, setzte sich in den Märchenküstenomnibus und fuhr die sieben Stationen zu ihrem neuen Freund, dem Mettigel.

Da könnt ihr euch vorstellen, liebe Kinder, was die beiden für eine prächtige Hochzeit gehalten haben! Alle Kindersnacks der schleswig-holsteinischen Märchenküste waren eingeladen, Corinna die Currywurst, Berthold, der gebackene Camembert, Kurt Kartoffelpuffer, Andy Apfelmus, Marko Makkaroni und sogar das Fischstäbchen Friederich.

Paul Pizza und seine Band »Vier Jahreszeiten« spielten zum Tanze auf, und bis in die tiefe Nacht schmetterten sie beim Karaoke die größten Hits von Lady Bobo, DJ Gaga und den Backstreet Bratkartoffelz.

Dann zog sich das Mettigelbrautpaar in sein Salatbett zurück und nur neuneinhalb Wochen später bekamen sie eine große Packung Partyfrikadellen.

Und sie lebten glücklich und zufrieden, bis sie eines Tages vom Inspektor des Gesundheitsamtes wegen ihres Verfallsdatums einkassiert wurden.

Der Wolf und die sieben schleswig-holsteinischen Geißlein

Es war einmal eine alte Geiß namens Carmen, die wohnte in Husum-Düsterdeich, die hatte sieben junge Geißlein und hatte sie lieb, wie eine Mutter ihre Kinder lieb hat.

Eines Tages wollte sie in den Wald gehen und Futter holen, da rief sie alle sieben herbei und sprach: »Liebe Kinder! Ich muss jetzt ma' schnell zum Märchenküsten-Supermarkt, ich brauche noch Spaghetti, Labskaus in der Dose, Jagdwurst, Toastbrot, Schampus und für die Große 'ne neue Handyhülle. Na … und Margarine. Und Tomaten. Und Vogelfutter für die Kuckucksuhr. Und ich sag Euch eins: Flossen wech von meinem Hufnagellack, sonst is' hier Achterbahn!«

Die Geißlein riefen: »Zu Befehl, Mutti!«

»Und noch eins: Kein offenes Feuer im Kinderzimmer!«, fügte die Alte hinzu.

Da riefen die Geißlein enttäuscht: »Menno!«

»Ach, jetzt weiß ich, was ich noch sagen wollte: Nehmt Euch in Acht vor dem Wolf, wenn der reinkommt, so frisst er Euch alle mit Haut und Haar, samt Flip-Flops! Der Bösewicht verstellt sich oft, aber an seiner rauen Stimme und an seinen schwarzen Füßen werdet ihr ihn gleich erkennen.«

Die Geißlein sagten: »Liebe Mutti, wir wollen uns schon in Acht nehmen, Du kannst ohne Sorge fortgehen, bitte bringe aber noch zwei Tüten Chips und 'n paar Quetschies mit!«

Da freute sich die Alte und machte sich eilig auf den Weg. Noch aus der Ferne hörte man sie fröhlich meckern. Vielleicht war es aber auch der kaputte Auspuff von ihrem Moped Kreidler Florett RS, mit zwei Rückspiegeln und abgesägtem Krümmer.

Es dauerte nicht lange, so klopfte jemand an die Haustür und rief: »Macht auf, Ihr lieben Kinder, Eure Muddi ist da und hat jedem von Euch etwas mitgebracht!«

Aber die Geißlein hörten an der rauen Stimme, dass es der Wolf war. »Vergiss es, Alter! Wir machen nich' auf!«, riefen sie. »Du bist nicht unsere Mutter – denn die hat eine feine, liebliche Stimme, aber Du klingst wie der Rod Stewart nach 'ner Kiste Bier und 'ner Stange Camel ohne Filter – ganz klar, Du bist der Wolf!«

Da ging der Wolf zu einem Schreibwarenladen und kaufte sich ein großes Stück Kreide, einen Kasten Eierlikör und verputzte alles an Ort und Stelle und machte so seine Stimme fein.

Dann kam er zurück, klopfte an die Haustür und rief: »Macht auf, Ihr lieben Kinder, Eure Muddi ist da und hat jedem von euch was mitgebracht. Was hab' ich hier? Ein paar Barbies, 'n ferngesteuerten Lanz

Bulldog und 'n ganzen Plastikbeutel voller Pokemon-Tüddelkram!«

Aber der Wolf hatte seine schwarze Pfote in das Fenster gelegt – das sahen die Kinder und riefen: »Vergiss es, Du Heini! Wir machen nicht auf, Du hast ja n' schwarzen Fuß wie n' Schornsteinfeger am FKK-Strand! Und außerdem bist Du mit 'ner Zündapp RS 50 da, aber unsere Mutti hat 'n Mokick Kreidler Florett RS, mit zwei Rückspiegeln und abgesägtem Krümmer, die erkennen wir quasi am Klang ... Du bist der Wolf!«

Da lief der Wolf zu einer Pizzeria und sprach: »Ich habe mich am Fuß gestoßen und meine Krankenversicherung nicht bezahlt, streiche mir Teig darüber!«

Der Pizzabäcker Luigi aber erwiderte: »Passe auf, kannste Du vergesse! Isse kanne Dir Fusse nur überbacke mitte Käse!«

Darauf der Wolf: »Schiet, hier bin ich falsch!«

Sogleich lief er zum Baumarkt und suchte einen Verkäufer. Als er zwei Stunden später zufällig einen Mitarbeiter fand, der sich hinter einem Betonmischer versteckt hatte, rief er: »Hier, Baumarkthoschi, mach mir meinen Fuß weiß!«

Der Mitarbeiter strich sich die Spinnweben aus dem Haar und sagte leise: »Das kann man nich so einfach weiß machen, so'n Fuß muss man vorher mit Teig grundieren!«

Das ließ der Wolf nicht gelten und fraß den Mitarbeiter an Ort und Stelle auf. Inklusive seines festen Schuhwerks. Angst vor Entdeckung hatte der Wolf nicht, denn das Fehlen eines Baumarktsmitarbeiters fällt in der Regel niemandem auf.

Nun eilte der Wolf zum Bäcker. Er drängelte sich vor und sagte: »Hier, alter Brotschubser, mach' mir ma' meine Pfote weiß! Ich will nämlich die sieben schleswig-holsteiner Geißlein verarschen und danach gleich fressen – aber, wenn ich mit so 'ner schwarzen Flosse ankomme, glauben die mir nie, dass ich denen ihre Muddi bin.«

Da wurde dem Bäcker angst und bange, denn er fürchtete, der böse Wolf könnte vorhaben, die sieben Geißlein zu verarschen und sie danach gleich zu fressen. Der Bäcker sagte: »Nee, nee, da mach' ich nich' mit! Außerdem bediene ich nur Veganer!«

Der Wolf aber sprach: »Ich habe in meinem Bauch schon einen schmackhaften Baumarktsmitarbeiter, wenn du Dich weigerst, wirst Du ihm in meinem Magen Gesellschaft leisten!«

Der Bäcker musste kurz nachdenken, denn er hätte nach vielen Jahren gerne mal wieder einen echten Baumarktsmitarbeiter gesehen, entschied sich dann aber doch dagegen, fügte sich dem Willen des Wolfes und machte ihm mit Teig und Mehl die Pfote weiß.

Mit einem geklauten Kreidler-Mokick fuhr der Bösewicht zum dritten Male zu der Haustüre der Geißens, klopfte an und sprach: »Macht mir auf, Kinder, euer liebes Mütterchen ist heimgekommen und hat jedem von Euch aus dem Märchenküsten-Supermarkt etwas mitgebracht.«

Die Geißlein riefen: »Zeig uns erstma' Deine Flosse, damit wir wissen, dass Du auch wirklich unser liebes Mütterchen bist.«

Da legte er die Flosse ins Fenster, und als sie sahen, dass sie weiß war, so glaubten sie, es wäre alles wahr, was er sagte und machten die Türe auf.

Wer aber hereinkam, das war der Wolf! Die richtige Mutti suchte nämlich noch im Märchenküsten-Ein-Euro-Shop die passende Handyhülle für die Große.

Die Geißlein erschraken und wollten sich verstecken. Das eine sprang unter den Stubentisch, das zweite machte einen Flachköpper in die Kloschüssel, das dritte in den Geschirrspüler, das vierte hinter den Fernseher, das fünfte Geißlein setzte sich schnell in die Glasvitrine der Schrankwand und hielt sich die Augen zu, das sechste sprang ins Aquarium und versuchte auszusehen, wie ein Dorsch – nur das siebente und kleinste Geißlein war clever und fragte: »Alexa? Wo kann man sich hier am besten verstecken?«

Alexa sprach: »Mach es doch wie im Märchen vom Wolf und den sieben Geißlein und verstecke Dich im Uhrenkasten!«

»Gott, bist du schlau!«, sagte das kleine Geißlein und versteckte sich im Uhrenkasten.

Aber der Wolf fand sie alle und machte kein langes Tüddelüt! Eins nach dem anderen schob er gierig in seinen Rachen; nur das jüngste in dem Uhrenkasten, das fand er nicht.

Als der Wolf satt war, trollte er sich fort, und weil er auf seiner Kreidler so eierte, ließ er sie alsbald stehen, legte sich in St. Peter Ording-Düsterdeich an den Nordseestrand und fing an zu schlafen.

Nicht lange danach kam die alte Geiß aus dem Märchenküsten-Supermarkt wieder heim. Ach, was musste sie da erblicken! Die Haustüre stand sperrangelweit auf, der Stubentisch, Stühle und die blöde, alte, durchgesessene Couch waren umgeworfen, das Aquarium war ratzeputz ausgetrunken, die Spielkonsole war runtergefallen, möglicherweise war sie jetzt sogar defekt! Decke und Kissen waren aus dem Bett gezogen.

Die Geiß dachte: »Das kann doch nich' angeh'n, wie sieht denn das hier aus? Biste einmal nicht zu Hause, feiern die Wänster hier 'ne Party! Wehe, die ham mein Gras gefressen!«

Sie suchte ihre Kinder, aber nirgends waren sie zu finden. Da rief sie ihre sieben Töchter besorgt nacheinander beim Namen: »Schackeline, Constanze, Sindy, Waltraud, Jennifer, Günter, Cornelia!«

Endlich, als sie an das Jüngste kam, da rief eine feine Stimme: »Liebe Mutti, ich stecke im Uhrenkasten.«

Sie holte es heraus und Cornelia erzählte ihr, dass der Wolf gekommen wäre und die anderen alle gefressen hätte. Da könnt Ihr Euch vorstellen, wie sie über ihre armen Kinder geweint hat! »Wer soll denn jetzt für mich sorgen, wenn ich mal in Rente geh'?«, heulte sie. »Außerdem fehlt jetzt sechsmal Kindergeld in der Haushaltskasse! So ein Schiet mit dem Schiet! Zweihundert Puls hab ich bald, Duuuu ...«

Endlich ging sie in ihrem Jammer hinaus zur Bushaltestelle und das jüngste Geißlein lief mit. In St. Peter Ording-Düsterdeich sah sie aus dem Busfenster den schlafenden Wolf mit dickem Bauch und rief: »Stopp! Wir müssen hier aussteigen!«

Der Busfahrer erwiderte pflichtgemäß: »Hier ist aber keine Haltestelle!«

Da griff die alte Geiß zu einer List und sagte zum Busfahrer: »Meiner kleinen Cornelia is' schlecht, wenn Sie nich' anhalten, reihert die Ihnen den kompletten Bus voll, müssen Sie selber wissen!«

Der Busfahrer leitete daraufhin sofort eine vorschriftsmäßige Gefahrenbremsung ein, und während die anderen Passagiere lustig durch den Mittelgang nach vorne purzelten, verließen Geiß und Geißlein den Bus.

Als sie auf die Wiese kamen, so lag der Wolf an dem Strand und schnarchte, dass es bis nach Helgoland schallte und die Lange Anna nur so wackelte. Bis heute ist das beliebte Ausflugsziel deshalb einsturzgefährdet. Geiß und Geißlein betrachteten den Wolf von allen Seiten, piksten mit Mutters Schirm in seinen Wanst und sahen, dass in seinem angefüllten Bauch sich etwas regte und zappelte.

»Ach Gott,« dachte sie, »entweder hat der Wolf zu viel Chili von Carne gegessen – oder meine armen Kinder sind noch am Leben!«

Da musste das Geißlein Cornelia flugs nach Hause trampen und eine Schere und den Tacker holen. Dann schnitt Mutter Geiß dem Ungetüm den Wanst auf, und kaum hatte sie einen Schnitt getan, so streckte schon ein Geißlein den Kopf heraus und rief: »Muddi! Hast Du an die Chips und die Quetschies gedacht?«

Und als sie weiter schnitt, sprang die Große aus dem Bauch und sagte: »Oh, Mama! Das sieht doch 'n Blinder mit Krückstock, dass die Handyhülle nicht passt. Mutti, Du bist so peinlich!«

Für einen Augenblick überlegte die Geiß, ob es nicht doch besser wäre, ihre missratenen Wänster in dem Wolfsbauch zu lassen – entschied sich aber dann doch dafür, sie allesamt zu retten, um ihnen am Abend das WLAN-Passwort zu ändern und mindestens 14 Tage Fernsehverbot zu verabreichen. Denn, liebe Kinder, Strafe muss sein!

Jedenfalls sprangen nacheinander alle sechs heraus und waren noch alle am Leben und hatten nicht einmal Schaden gelitten, denn das Ungetüm hatte sie vor lauter Gier unzerkaut hinuntergeschluckt. Das war eine Freude! Da herzten sie ihre liebe Mutter!

Und ehe sie sich's versahen, kletterte auch der Baumarktsmitarbeiter aus dem Wolfsbauch und sprach: »Ich bin gar kein Baumarktsmitarbeiter, sondern ein verwunschener Gas-Wasser-Scheiße-Installateur! Hundert Jahre habe ich mich im Baumarkt hinter einem Betonmischer vor den Kunden versteckt, doch nun bin ich frei, und kann wieder nach Herzenslust Gas, Wasser und Scheiße installieren!«

Dann dankte er der alten Geiß als seiner Lebensretterin, versprach Ihr zwanzig Prozent Rabatt auf die nächste Rohrverstopfung, hopste fröhlich und mit großen Sprüngen in Richtung Landstraße und ward nimmermehr gesehen.

Doch Schackeline, Constanze, Sindy, Waltraud, Jennifer, Günter und Cornelia bekamen nichts davon mit, denn sie hüpften vor Vergnügen, wie auf einer biogasgefüllten Hüpfburg, und riefen: »Nochmal, Mutti! Der Wolf soll uns noch mal fressen! Das war so lustig!«

Die Alte aber sagte: »Schluss jetzt mit dem Quatsch! Sucht mal bitte ein paar Klinkersteine, vierhundertsechziger Rollsplitt und 'n bisschen zerbröselte Autobahn A 20, damit wollen wir dem bösen Tier den Bauch füllen, solange es noch im Schlafe liegt.«

Da schleppten die sieben Geißlein so schnell Klinkersteine herbei, dass jeder Autonome aus der roten Flora in Hamburg-Herzegowina vor Neid erblasst wäre, und steckten sie dem bösen Wolf alle in den Bauch. Dann tackerte ihn die Alte in aller Geschwindigkeit wieder zu, dass er nichts merkte, und sich nicht einmal regte.

Als der Wolf endlich ausgeschlafen hatte, machte er sich auf die Beine, und weil ihm die furztrockenen, blöden Steine und die bröckelige Autobahn A 20 im Magen so großen Durst bereiteten, so wollte er zu einem Brunnen gehen und trinken. Als er aber anfing zu gehen und sich hin und her zu bewegen, so stießen die Steine in seinem Bauch aneinander und rappelten.

Da rief er: »Was rumpelt und pumpelt in meinem Bauch herum? Ich meinte, es wären sechs Geißlein und ein Baumarktsmitarbeiter, aber irgendwie fühlt sich das an wie vierhundertsechziger Rollsplitt, büschen zerbröselte Autobahn und Klinkersteine.«

Und als er an den Brunnen kam und sich über das Wasser bückte und trinken wollte, da sah er sein Spiegelbild und erschrak: »Ach, du Scheiße! Der böse Wolf! Na hoffentlich frisst der mich nicht!«

Aber zu spät! Die schweren Steine zogen ihn hinein in den Brunnen und er musste jämmerlich ersaufen!

Als die sieben Geißlein das sahen, da kamen sie herbeigelaufen und riefen laut: »Der Wolf ist tot! Der Wolf ist tot!«

Und sie tanzten mit ihrer Mutter vor Freude um den Brunnen herum und riefen immer wieder: »Wir sind Volk! Wir sind das Volk!«

Die Schackeline, die Constanze, Sindy, Waltraud, Jennifer, die Günter und Cornelia. Na, und ihre Mutter, die Carmen, die olle Ziege …

Rapunzel im Homeoffice

Es war einmal ein Mann und eine Frau, die Simone und der Roland, die wohnten in Kiel-Herzegowina. Da, wo sich Sprotte und Miesmuschel gute Nacht sagen. Die beiden wünschten sich schon lange ein Kind, und endlich machte sich die Frau Hoffnung, ihr Wunsch werde in Erfüllung gehen.

Die beiden hatten in ihrem reetgedeckten Betonhochhaus ein kleines Fenster, daraus hatte man einen herrlichen Ausblick auf den Kleingartenverein »Zur schiefen Schaufel«. Ein Garten war besonders schön. Der stand voll der lieblichsten Sanddörner, Hagebutten und Knöteriche. Er war aber von einem hohen Zaun umgeben, und niemand wagte hineinzugehen, weil er der bösen Nachbarin, Frau Hansen, gehörte, die ein böses Maul hatte und vor aller Welt gefürchtet ward.

Eines Tages stand Simone an ihrem Fenster und sah in den Garten hinab, da erblickte sie eine wackelige Laube, durch deren Türe man einen Zweijahresvorrat feinsten Klopapieres erspähen konnte: *Rapunzel soft, achtlagig mit Sanddornduft.*

Das Papier sah so weich und poposchmeichelnd aus, dass es in ihrem Bauche sogleich rumorte und sie das größte Verlangen empfand, sich damit achtern zu behandeln. Das Verlangen nahm jeden Tag zu, aber da sie wusste, dass sie keine der so begehrten Rollen bekommen konnte, wurde sie schwermütig und sah blass und elend aus.

Da erschrak der Mann Roland und fragte zärtlich: »Was is'n los mit Dir, Du olle Zippe?«

»Ach,« antwortete sie, »… wenn ich kein *Rapunzel soft, achtlagig Superflausch mit Sanddornduft* aus dem Garten hinter unserem Haus bekomme, so sterbe ich, Roland! Also mach was, Du Torfkopp!«

Der Mann, der sie trotzdem liebhatte, dachte: »Ehe Du deine Frau sterben lässt, holst Du ihr von dem Klopapiere, es mag kosten, was es will!«

Kurz nach der Sportschau stieg er also über den Zaun in den Garten der bösen Frau Hansen, brach in die wackelige Laube ein und stahl eine Rolle Rapunzel soft, achtlagig Superflausch mit Sanddornduft. Er gab sie seiner Frau und sie verschwand sogleich auf dem Abort und ward für Stunden nicht mehr gesehen, wenngleich ihr freudiges Jauchzen bis zum Getränke-markt Scharnhorststraße zu vernehmen war.

Das Ganze hatte ihr so eine große Freude bereitet, dass sie den anderen Tag noch dreimal so viel Bauch-grummeln bekam. Sollte sie Ruhe haben, so muss-te der Mann noch einmal in den Garten steigen. Er machte sich also nach der Sportschau wieder hinab. Als er aber den Zaun herabgeklettert war, erschrak er gewaltig, denn er sah die böse Nachbarin Frau Han-sen vor sich stehen!

»Sagen Sie ma', Sie ham wohl Bootslack gesoffen?!

Klopapier klauen, ich glaube es wohl geht los! Ich hole gleich die Polente!«, rief sie erbost.

»Also, Moment ...«, antwortete er. »Liebe böse Frau Hansen, das muss doch jetzt nicht sein, lassen sie doch Gnade vor Recht ergehen, ich war in einer Notlage. Meine Frau hat das Rapunzel soft bei ihnen entdeckt! Aus Versehen! Und wir haben doch nur noch 'ne viertel Rolle Klopapier und ansonsten nur Raufasertapete!«

Da regte sich die Alte ein bisschen ab und sprach zu ihm: »Wenn das alles stimmt und Du nich' nur Schiet sabbelst, so will ich Dir gestatten, so viele Rollen Rapunzel soft mitzunehmen, wie Du willst. Allein ich mache eine Bedingung: Du musst mir das Kind geben, dass deine Frau zur Welt bringt. Es soll ihm gut gehen und ich will für es sorgen, wie eine Mutter auf St. Pauli in Hamburg-Herzegowina«

Roland sagte in seiner Angst alles zu, und als die Frau darnieder kam, so erschien sogleich die böse Nachbarin und nahm das Kind mit sich fort. Und weil der Name *Rapunzel soft, achtlagig Superflausch mit Sanddornduft* zu lang gewesen wäre, rief sie es fortan kurz Rapunzel.

Rapunzel ward die schönste Deern unter der Sonne.

Als sie in das Alter kam, in dem sie ihre ersten peinlichen Bauchfrei-Videos bei Tik-Tok hoch lud, warf die böse Nachbarin Rapunzel in einen Turm, in dem seit Jahrzehnten der Fahrstuhl defekt war: In den Wikingturm in Schleswig! Nun trug es sich zu, dass die Seuche Carola über das Land kam und nur noch systemrelevante Gewerke öffnen durften: Der Hufschmied, der Quacksalber und der Aal-Dieter. Und weil es auch den Barbieren verboten ward, noch Haare zu schneiden, wuchs Rapunzels Haar immer weiter, bis es so lang war, wie ein Tatort mit Jan Josef Liefers. Wenn nun die böse Frau Hansen in den Turm wollte, so brauchte sie sich nur unten hinzustellen und zu rufen:

»*Rapunzel, Rapunzel,*
lass' mir Dein Haar herunter!«

Rapunzel hatte lange, prächtige Haare, fein wie gesponnen Gold. Wenn sie nun die Stimme der Frau Hansen vernahm, so band sie ihre Zöpfe los, wickelte sie oben um einen Fensterhaken, und dann fielen die Haare neunzig Meter tief herunter, und die Alte stieg daran hinauf. N

ach ein paar Jahren trug es sich zu, dass der schöne Heiner aus Husum-Herzegowina sich nach dem Genuss mehrerer Fliegenpilze an der Märchenküste verirrte und so ganz zufällig am Wikingturm vorbeikam. Er hörte einen Gesang, der war so lieblich, dass er stille hielt und horchte:

»*Hör auf die Hansen – hör was sie sagt –*
sie gibt Dir 'nen Rat und das meistens ungefragt ...«

Das war Rapunzel, die sich in ihrer Einsamkeit die Zeit damit vertrieb, ihre süße Stimme erschallen zu lassen. Der schöne Heiner wollte zu ihr hinauffahren, doch am Fahrstuhl stand: Außer Betrieb!

»Na Klasse«, brummte Heiner. »Danke für nix!« Er irrte heim, doch der Gesang hatte ihm so sehr das Herz gerührt, dass er jeden Tag nach Schleswig kam und zuhörte.

»Mein Haar wächst schneller als Deins,
auf einer Glatze wächst keins …«

Als er einmal so hinter einem Baum stand, sah er, dass eine alte böse Schachtel herankam und hörte, wie sie hinaufrief:

»Rapunzel, Rapunzel,
lass Dein Haar herunter!«

Da ließ Rapunzel die Haarflechten herab, und die böse Frau Hansen stieg zu ihr hinauf.

Heiner sprach zu sich: »Na klei mi in Mors, ich dachte schon, ich muss dort rauf laufen, das is' ja n' geiler Livehack mit den Haaren, das probier' ich morgen auch gleich ma' aus!«

Und den folgenden Tag, als es anfing, dunkel zu werden, ging der schöne Heiner abermals zu dem Turme und rief:

»Furunkel, Furunkel,
schmeiße Quark herunter.«

Doch als sich im Turm nichts rührte, nahm er sein iPhone zur Hand, und informierte sich auf der Webseite der Gebrüder Grimm über die korrekte Formulierung.

»Ach hier steht das doch:
Rapunzel, Rapunzel,
lass Dein Haar herunter!«

Alsbald fielen die Haare herab und der schöne Heiner stieg hinauf. Anfangs erschrak Rapunzel gewaltig, als ein Mann zu ihr hereinkam, wie ihre Augen noch nie einen erblickt hatten.

Seine vom Solarium getoastete Haut, seine kampfsportgestählte Frisur und sein »Mutti ist die Beste«-Tattoo konnten sie nicht beeindrucken, aber als sie seine zweieurostückgroßen Ohrtunnel erblickte, da war es um Rapunzel geschehen. Sie hatte sich immer einen Mann gewünscht, an dessen Ohren man prima Küchenutensilien, ja sogar Gartengeräte aufhängen könnte. Der schöne Heiner fing an, ganz freundlich mit ihr zu reden, und erzählte ihr, dass von ihrem Gesang sein Herz so sehr sei bewegt worden, dass es ihm keine Ruhe gelassen, und er sie selbst habe sehen müssen.

Da verlor Rapunzel ihre Angst, und als er sie fragte, ob sie ihn zum Heiner nehmen wollte, und sie begriff, dass er zwar doof, aber jung und schön war, so dachte sie: »Der wird mich lieber haben als die alte Frau Hansen!«, und sie sagte »Ja!«, und legte ihre Hand in seine Hand.

Sie sprach: »Alles klar, kein Ding, Heiner, aber es gibt noch 'n Problem, ich weiß doch gar nicht, wie ich hier wieder runterkommen soll«.

Heiner guckte wie ein tiefgelegter Golf, weil ihm auch nichts einfiel.

»Oder wart' mal'«, sprach Rapunzel. »Wir machen's folgendermaßen. Wenn Du kommst, dann bring doch einfach jedes Mal eine Rolle Klopapier mit! Ich will ein Tau daraus drehen, dann machen wir hier'n Fisch und hauen ab, auf Deiner Enduro!«

»Na, das klingt doch nach 'nem Plan!«, sagte Heiner. »Gib mir five, Rapunzel, genau so machen wir's, da sind wir auf der sicheren Seite!«

Sie verabredeten, dass er bis dahin alle Abende zu ihr kommen sollte, denn bei Tag kam ja die Alte.

Die Frau Hansen merkte auch nichts davon, bis einmal Rapunzel anfing und zu ihr sagte: »Sagen Sie mal, böse Frau Hansen, mal 'ne Frage: Kann das sein, dass Ihnen die Quarantäne nich' bekommen is', dass Sie Ihre gehamsterten Ravioli alle auf einmal gegessen haben oder warum sind Sie so fett geworden?«

Da erwidert die Alte: »Ich verstehe die Frage nich'!«

Rapunzel sprach: »Na, mein schöner Heiner ist viel schneller hier oben! Aber bei Ihnen, das dauert teilweise …, und außerdem reißt's mir fast die Extensions raus, so schwer sind Sie geworden!«

Da wurde die böse Frau Hansen aber zornig und rief: »Ich habe mich wohl verhört? Gefummel mid'm Heiner – du hast se wohl nich' mehr alle! Zweihundert

Puls hab' ich bald, duuuu!« In ihrem Zorne packte sie die schönen Haare der Rapunzel, griff eine Schere und ritsch, ratsch waren sie alle abgeschnitten, und die schönen Flechten lagen auf der Erde.

Da sprach Rapunzel: »Jetzt hab' ich zwar keinen Spliss mehr, aber Spitzen schneiden hätte auch gereicht.«

Rapunzel sah in den Spiegel und erschrak: »Scheiße, jetzt hab ich 'ne Platte mit Zaun drum rum, so wie der Olaf Scholz!«

Doch das war der Frau Hansen noch nicht genug und sie schickte die arme Rapunzel mit dem Nachtbus nach Flensburg-Düsterdeich, wo sie in großem Jammer und ohne Klopapier am Fördestrand leben musste. Den selben Tag aber, wo die alte böse Hansen Rapunzel verstoßen hatte, machte sie abends die abgeschnittenen Flechten oben am Fensterhaken fest und wartete.

Wieder kam der schöne Heiner und rief:

»Ravioli, Ravioli, ich habe nix drunter ... äh ...
Schiet, ich hab's doch neulich erst gegoogelt,
wie war das? Ach ja: Rapunzel, Rapunzel,
lass' Dein Haar herunter!«

Da ließ Frau Hansen die abgeschnittenen Haare von Rapunzel hinab. Heiner stieg hinauf, aber er fand oben nicht seine liebste Rapunzel, sondern die alte Frau, die ihn mit bösen und giftigen Blicken ansah, wie ein Falschparker die Politesse.

»Aha«, rief sie höhnisch. »Du willst die Liebste holen, aber das feine Fräulein Flittchen hat die Einbahnstraße nach Nirgendwo genommen! Für dich hat sich's quasi ausrapunzelt! Bumms, Aus, Trallala!«

Der schöne Heiner geriet außer sich vor Kummer, und in seiner Verzweiflung sprang er den Wikingturm hinab. Er landete kopfüber auf einer illegalen Müllkippe, bestehend aus alten Autoreifen, allerlei Gedöns und Tüddelkram, sowie leeren Klopapierrollen. Das war sein Glück, denn so kam er mit dem Leben davon. Einzig sein Mundschutz, den er wegen der Carolakrise trug, war ihm über die Augen gerutscht.

Der schöne Heiner dachte, er sei für immer erblindet und irrte jahrelang an der Märchenküste umher und aß nichts als alte Autoreifen, Gedöns, Tüddelkram und leere Klopapierrollen.

So rief er immer wieder: »So ein Schiet, mit dem Schiet! Jetzt bin ich blind, und meinen Mundschutz hab' ich auch noch verloren!«

Er wanderte einige Jahre im Elend umher und geriet endlich nach Flensburg-Düsterdeich, wo Rapunzel mit den eineiigen Zwillingen Jan und Wiebke, die sie inzwischen geboren hatte, kümmerlich vom Sold einer Strandkorbflechterin lebte. Da vernahm er plötzlich eine liebliche Stimme:

»Atemlos durch die See,
Ostseewasser ist kein Tee …!«

Die Stimme kam dem schönen Heiner so bekannt vor, dass er sofort in ihre Richtung rannte und volles Rohr mit dem Dööts gegen eine Laterne knallte.

Da erkannte ihn das Rapunzel und fragte: »Sag mal, schöner Heiner, wieso hast Du denn Deinen Mundschutz auf den Augen, Du Döspaddel?«

»Ach, deswegen!«, sagte der Heiner. »Und ich dachte die ganze Zeit, ich wär' blind – dabei bin ich nur blöd!«

Rapunzel sagte: »Das is' doch nich' so schlimm, Heiner, Hauptsache, Du bist gesund und siehst einigermaßen gut aus!«

Da setzte er Rapunzel auf seine Enduro und fuhr mit ihr in den Sonnenuntergang. Und sie bekamen so viele Kinder – mehr als der schöne Heiner zählen konnte: nämlich drei.

Und beide lebten glücklich und vergnügt bis an ihr Lebensende, und vielleicht sogar noch 'n büschen länger …

Dr. Dr. Rumpelstilzchen

Es war einmal ein Millionär, der war arm wie eine Kirchenmaus, aber er hatte eine schöne Tochter namens Trulla. Und weil er als Millionär das Arbeiten nicht gewohnt war, dachte er sich eines Tages: »Tut das Not, dass meine Trulla hier rumoxidiert? Ich schicke die einfach arbeiten ... Soll doch meine dumme Tochter Geld anschaffen, da habe ich mehr Zeit zum Tontaubenschießen! Mein ganzer vierhundert Hektar großer Kleingarten is' voll damit. Das is' dieses Jahr 'ne richtige Tontaubenplage!«

Und wie er so gesprochen hatte, legte er die schöne Trulla quer über seinen Hengst namens Moped und ritt mit ihr die schleswig-holsteinische Märchenküste entlang bis zum schmiedeeisernen Tor der königlichen Heringsplantage in Kiel-Düsterdeich und rief nach dem Personalchef Dr. Mirko Hanebüchen.

»Edler Personalheini!«, hub der Vater an zu sprechen. »Habt Ihr wohl Arbeit für eine Trulla?«

Da sprach der Personalheini Dr. Mirko Hanebüchen: »Das tut mir leid, ich verdiene hier schon alleine so viel, dass wir gar kein Geld mehr für weitere Angestellte haben. Außer vielleicht in der Schädlingsbekämpfung! Mir haben nämlich dieses Jahr 'ne ordentliche Tontaubenplage. Ich glaube, die Biester ham von irgend so'm verwahrlosten Millionärskleingarten hier rüber gemacht. Wenn Ihre Trulla gut mit 'ner zweiläufigen Schrotflinte umgeh'n kann, kann se gleich loslegen!«

Da rief der Vater: «Sie sind wohl lebensmüde, oder was? Für's Tontaubenschießen is' meine Trulla viel zu tüddelich! Einmal hab' ich die mitgenommen! Seitdem hab' ich 'ne derartige Ladung Schrot im Hintern, dass die Sicherheitskontrolle am Flensburger Flugplatz piept wie 'ne Aldi-Kasse an Weihnachten! Und außerdem sitzt seitdem meine Brille dauernd schief, ich hab' jetzt nämlich rechts nur noch ein halbes Ohr. Ausgeschlossen, nee, die muss was Anderes machen!«

Da besann sich der Personalheini Mirko Hanebüchen: »Sagen Sie ma', die sieht doch aus, als wäre die in den Kosmetikeimer gefallen, die kann doch bestimmt Haare schneiden, da könnte die doch mal schnell unsere Bücher frisieren!?«

Doch der Vater sprach: »Neee, bloß nich'! Kiek Dir doch bitte auch mal mein linkes Ohr an! Da fehlt auch die Hälfte, seit die mir in der Quarantäne die Haare geschnitten hat! Doof bleibt doof, da helfen keine Pillen!«

»Beim Klabautermann!«, rief da der Personalheini. »Dann is' die ja derartig ramdösig, dass die höchstens noch in der Chefetage arbeiten könnte, aber da lungern auch schon genug Flitzpiepen rum und halten Maulaffen feil – aber warten Sie ma', ich rufe mal den Smutje …«

Aus der Betriebskantine der königlichen Heringsplantage in Kiel-Düsterdeich kam sogleich der

sympathische Chefkoch Gernot Butterberg herbeigeritten, stieg von seinem stolzen Hausschwein und
fragte mit lieblicher Stimme: »Was is' denn jetzt
schon wieder, ich hab doch keine Zeit für so'n Blöd-
sinn! Gestern is' meine Krabbenbrötchenfachkraft tot
ins Labskaus gefallen! Das gab zwar ein sehr kräftiges
Labskaus, aber nun muss ich die ganzen Schiet-Krab-
benbrötchen selbst belegen!«

Da rief der arme Millionär: »Na hier! Meine Trulla
macht die weltweit besten Krabbenbrötchen an der gesamten schleswig-holsteinischen Märchenküste! Kein
Wunder, die is' ja selber dusselig wie 'ne Krabbe und
läuft seitwärts!«

Und die schöne Trulla sprach: »Also, Krabbenbrötchen muss ich zwar erstmal googeln, Vaddi, aber
hab' Dank für Deine lieben Worte!«

Der sympathische Koch legte sogleich die schöne
Trulla quer über sein Hausschwein und ritt mit ihr im
Schweinsgalopp in die Betriebskantine. Er führte sie
in eine Kammer über deren Tür in goldenen Lettern
»Krabbenbrötchenmanufaktur« geschrieben stand.
Die Kammer war zur einen Hälfte mit den schönsten
Plastikeimern voller Krabben und zur anderen mit
den knusprigsten Brötchen gefüllt.

Der Koch sprach: »Wenn morgen die Frühschicht
anfängt, müssen vierhundertzweiundsechzigtausendzweihundertsechzig Krabbenbrötchen fertig sein,
sonst kommst Du auch ins Labskaus. Ich muss wohl
kaum erwähnen, dass das Labskaus dadurch sehr
kräftig wird! Und ein kräftiges Labskaus ist das Ge-
heimnis hinter der Ausdauer und der Tatkraft der

Heringspflücker der königlichen Heringsplantage Kiel-Düsterdeich!« Und er verschloss die Türe, verschluckte den Schlüssel und verschwand.

Da weinte die arme schöne Trulla bitterlich, denn sie wusste sich keinen Rat und hatte in der Kammer auch kein WLAN, um im Forum auf www.krabben-brötchenselbstgemacht.de nachzufragen.

»Krabbenbrötchen, Krabbenbrötchen, so ein Schiet mit dem Schiet, was weiß ich denn, wie man Krabbenbrötchen macht? Erst die Krabbe und dann das Brötchen – oder erst das Brötchen, dann die Krabbe … Na wie denn jetzt? Ich könnt' ramdösig werden, wenn ich's nich' schon wär'!«

Da erschien plötzlich mit einem lauten Knall ein hässliches kleines Männlein, dessen Buckel so ausladend war, dass er im Straßenverkehr mit einem roten Fähnchen gekennzeichnet werden musste. Des Männchens Bauch war dick und rund, denn sein Lieblingsgetränk war warmes Schweineschmalz und sein Lieblingsessen war frittiertes Schmalzbrot. Mit Speck. Und in Öl. Er roch hinten wie vorn nach Zwiebeln und Robbenmors. Seine seegurkengroße Nase zierte ein krebsroter Furunkel, und mit seinem schnöden Antlitz konnte man trefflich gekochte Eier abschrecken. Kurz, er war so unansehnlich, dass selbst die Geister in der Geisterbahn schreiend vor ihm Reißaus nahmen. Und als er einmal zur Wahl zum hässlichsten Gnom der Märchenküste angetreten war, wurden drei Jurymitglieder auf der Stelle blind. Dieses hässliche Männchen war der Betriebsarzt der königlichen Heringsplantage in Kiel-Düsterdeich, Dr. Dr. Stielz.

Er sprach: »Moin! Ich bin der Doppeldoktor Stielz. Warum ich zwei Doktortitel hab', weiß kein Mensch! Ich bin zwar hässlich wie ein Trafohäuschen um Mitternacht, aber dafür hab' ich auch 'n total miesen Charakter, und das passt ja immerhin gut zusammen. Und nun zu Dir, schöne Trulla, was gibt's 'n hier zu flennen, Du Heulboje?«

»Ach!«, antwortete da das Mädchen. »Ich soll aus Krabben und Brötchen Krabbenbrötchen machen, aber ich habe doch gar kein Rezept! Was weiß ich denn, wie Krabbenbrötchen geht!?«

Da sagte das hässliche, kleine Männlein: »Krabbenbrötchen? Das wäre für mich kein Problem. Also Krabbenbrötchen kann ich, aber ich fliege achtkantig aus der Liga für hässliche Märchenschurken, wenn ich Dir einfach so 'n Gefallen tue. Also: Was hab' ich denn davon, wenn ich Dir helfe?«

Da sprach die schöne, dumme Trulla: »Ach, liebes, böses, hässliches, kleines Männlein! Ich hab' doch nichts, und mein Vater ist ein armer Millionär, der ist so geizig, von dem kriege ich nix, das einzige was ich hab', is 'n dicker Bauch. Und den hab' ich vom schönen Hinnerk … oder vom Käse-Rudi … oder von den sieben schwer erziehbaren Zwergen, das weiß ich nich' mehr so genau. Aber bevor ich das Lütte zur Adoption freigebe, kannst Du es haben. Hauptsache du machst jetzt ma' zackig die vierhundertzweiundsechzigtausendzweihudertsechzig Krabbenbrötchen, sonst lande ich morgen früh kopfüber im Labskaus, das dadurch angeblich sehr kräftig wird!«

Da musste der Dr. Dr. Stielz kurz überlegen, denn eigentlich hatte er überhaupt keine Lust eine ganze Nacht lang Krabbenbrötchen zu belegen, sondern hätte lieber mal ein Tellerchen sehr kräftiges Labskaus gegessen. Doch dann gab er seinem schwarzen Herzen einen Stoß und belegte die ganze Nacht Krabbenbrötchen.

Bei Sonnenaufgang kam auch schon der Koch Gernot Butterberg angewackelt und als er die vierhundertzweiundsechzigtausendzweihundertsechzig prächtigen, leckeren Krabbenbrötchen erblickte, die golden in der schleswig-holsteinischen Morgensonne glänzten, kochte er sein kräftiges Labskaus aus der Buchhalterin und heiratete stattdessen die schöne Trulla von der Stelle weg.

Zusammen zogen sie in ein hübsches Fertighaus mit Garten in Kiel-Gaarden.Kaum waren sie von ihren Flitterwochen in Mettenhof zurückgekehrt, da gebar die schöne Trulla dem Koch einen prallen Olaf.

Eines Tages klingelte das rote Diensthandy des Kochs und er sprach: »Butterberg?!« Und weiter: »Was? Ich habe mich wohl verhört? Ein Mops? Kam in die Küche? Stahl dem Koch ein Ei? Ich komme sofort! Finger weg von meinen Eiern!«

Er warf den Rennsattel auf sein Hausschwein und ritt von dannen, dass die Sau nur so quietschte, und es noch eine ganze Weile nach verbranntem Kotelett roch.

Kaum war er in einer Staubwolke hinter dem Horizont verschwunden, erschien der böse Betriebsarzt der könglichen Heringsplantage in Kiel-Düsterdeich an dem bescheidenen Eigenheim der Familie Gernot, Trulla und Olaf Butterberg und sprach: »I bims! Der Dr. Dr. Stielz! Na? Frau Butterberg, was ham wir denn vergessen?«

»Ach, naja …«, antwortete da die schöne Trulla, »… eigentlich hab' ich alles vergessen, was ich in der Schule gelernt hab'. Außerdem, wie man sich die Schuhe zubindet und wer der Vater von mein' klein' Olaf ist. Ehrlich gesagt, ich kann mir gar nix merken, was länger her ist, als 'ne Viertelstunde.«

Da sprach das kleine hässliche Männlein Dr. Dr. Stielz: »Papperlapapp! Deal is Deal! Ich hab' Dir fast 'ne halbe Million Krabbenbrötchen belegt, ich hab ja jetzt noch 'n Tennisarm! Und wenn ich Dir nicht geholfen hätte, wärst Du jetzt 'n Tellerchen Labskaus! Und außerdem: Das Labskaus wäre dadurch deutlich kräftiger! Also rück jetzt gefälligst den Olaf raus! Aber zackig!«

»Moment mal! Nich' so schnell!«, rief da die Trulla Butterberg. »So 'n wichtigen Deal, den hätte ich mir doch mit 'nem Kuli in die Handfläche geschrieben – und hier in meiner Hand steht nix von … huch! …Ach, du Scheiße, hier steht's ja wirklich: vierhundertzweiundsechzigtausendzweihundertsechzig Krabbenbrötchen ist gleich ein Olaf! Na, Klasse. So ein Schiet, mit dem Schiet! Jetzt ham wir schon das ganze Kinderzimmer rosa gestrichen! Was das gekostet hat, und alles für die Katz! Zweihundert Puls hab' ich bald, duuuuuu!«

Darauf begann sie mit dem Kopf auf die Tischplatte zu hämmern, heulte wie ein alter Schlosshund und schluchzte fortwährend: »Ich würde meinen Olaf jetzt doch lieber behalten wollen ...«

Da bekam sogar der hässliche Dr. Dr. Stielz Mitleid, rieb sich nachdenklich seinen fiesen, funkelnden Furunkel auf der Nase und sprach: "Drei Tage will ich Dir Zeit lassen – wenn Du bis dahin meinen Spitznamen weißt, so sollst Du Deinen Olaf behalten!"

Da besann sich die Trulla Butterberg die ganze Nacht über auf alle Namen, die sie jemals gehört hatte, und weil ihr nichts Besseres einfiel als Rassel, Fussel, Brösel, Ursel und Heini, engagierte sie den pensionierten Kommissar Axel Milchbart, der ehrenamtlich in der Firma Märchenküsten-Inkasso als Talereintreiber tätig war. Der sollte sich aufmachen, die seltensten schleswig-holsteinischen Spitznamen aus der Bevölkerung heraus zu prügeln.

Am Abend kam der Kommissar Axel Milchbart mit einer langen Liste zu der Trulla Butterberg zurück und sprach: »Pass auf, Puppe, ich habe alle Spitznamen ermittelt: Die meisten heißen: ›Aua‹, ›Aufhörn‹, ›Das tut doch weh!‹, ›Ich habe doch gar nix angestellt!‹ und ›Uli‹!«

Als nun am anderen Tag der hässliche Dr. Dr. Stielz herbeikam und fragte: »Na? Wie lautet mein Spitzname?«, da sagte die Trulla Butterberg: »Ich weiß es, Sie heißen … ›Aua‹, ›Aufhörn‹, ›Das tut doch weh!‹, ›Ich habe doch gar nix angestellt!?‹ oder ›Uli‹!«

Doch der Dr. Dr. Stielz freute sich, wie nur das Böse sich freuen kann, und rief bei jedem Namen: »Nein! So heiße ich nicht!«

 Am nächsten Tag kam abermals der Kommissar Axel Milchbart zu der Trulla Butterberg und sprach: »Frau Butterberg, ich habe heute Nacht beim Bernstein sammeln an der finsteren Märchenküste eine Beobachtung gemacht! Ich kam an einen großen Deich, dort, wo die Welt zu Ende ist, also fast schon bei den Dänen, und da hab' ich gedacht, ich wird' ramdösig! Hüpft dort ein kleines, dickes, hässliches Männlein um seinen rostigen Wohnwagen, und brüllt ein Zeuch zusammen, das kannste Dir teilweise gar nich' merken – aber ich habe zum Beweise eine Tonaufnahme angefertigt« Er fingerte umständlich sein veraltetes Smartphone aus seiner »I love Polizei«- Umhängetasche und spielte der Trulla Butterberg die Aufnahme vor.

"Heut sauf ich alleine,
morgen mit'm Dieter,
und übermorgen
hol' ich mir
der Butterberg ihr'n kleinen Schieter!
Ach, wie gut, dass niemand weiß,
dass ich Furunkelstilzchen heiß!«

Da könnt ihr Euch denken, liebe Kinder, wie die Trulla froh war, als sie den Namen hörte, und als bald der kleine, böse, hässliche Dr. Dr. Stielz herbeikam und fragte: »Na? Frau Butterberg, wie lautet mein Spitzname?«

Da fragte sie erst: »Heißen Sie ›Eis am Stielz‹? Oder ›Besenstielz‹?

Doch der böse Doppeldoktor sagte immer: »Nein, so heiße ich nicht – also, lass jetzt ma' fix den Olaf rüberwachsen!«

Doch da sprach Trulla Butterberg: »Moment mal! Einen hab' ich noch! Heißen Sieeeeee … ›Furunkelstilzchen‹?«

Da wurde der Dr. Dr. Stielz sehr zornig, bekam einen knallroten Kopf, dampfte aus seinen speckigen Öhrchen wie ein Schnellkochtopf und rief immerzu: »Das hat Dir der Klabautermann gesagt, das hat Dir der Klabautermann gesagt!« Und er stieß mit dem rechten Fuß vor Zorn so tief in die Erde, dass er bis an den Leib hineinfuhr, dann packte er in seiner Wut den linken Fuß mit beiden Händen und riss sich selbst mitten entzwei.

Nach einer kurzen, peinlichen Pause mussten alle laut lachen, sogar der zweigeteilte Dr. Dr. Stielz, alias Furunkelstilzchen.

Und als sie alle wieder Luft bekamen, sprach er: »Also, wenn ich lache, tut's noch büschen weh, aber, schiet drauf, jetzt kann ich wenigstens zur Hälfte Homeoffice machen. Außerdem macht's jetzt endlich ma' Sinn, dass ich zwei Doktortitel hab'.« Und mit großen Sprüngen verabschiedeten sich die beiden

Hälften von Dr. Dr. Stielz mit jeweils einem Doktortitel in zwei unterschiedliche Richtungen.

Die doofe Trulla aber durfte ihren kleinen Olaf behalten, und er wuchs heran zu einem stattlichen Detlef. Der Detlef erbte von seiner Mutter den fehlenden Verstand, von den sieben schwer erziehbaren Zwergen die Schönheit, und von seinem Großvater, dem armen Millionär, erbte er den vierhundert Hektar großen Millionärskleingarten.

Und bevor der Großvater, mit reichlich Blei gepökelt, ins Himmelreich einging, sprach er zu seinem Enkel: »Ach nee, Detlef. Wieso lade ich ausgerechnet Dich zum Tontaubenschießen ein?«

Frau Hollstein

Es war einmal eine Frau, die hieß Brigitte Schinkentorte und wohnte in einem Reihenendhaus in Elmshorn-Düsterdeich. Sie war alleinerziehend, denn sie hatte ihren schüchternen Gatten, den Karlheinz Schinkentorte, mit ihrer Kratzbürstigkeit so lange traktiert, bis dieser eines schönen Tages vom Zigarettenholen nicht mehr zurückgekommen war. Brigitte Schinkentorte hatte zwei Töchter. Die Cornelia Schinkentorte, die war sehr lieb und fleißig. Und die Frauke Schinkentorte, die war böse und liederlich und selbst zum Nichtstun zu faul. Die Mutter hatte ihre faule Tochter aber viel lieber, als die fleißige, weil deren Vater immer pünktlich Unterhalt gezahlt hatte. Mit dem Vater der fleißigen Cornelia hatte sie dagegen noch ein Chlorhühnchen zu rupfen.

Während die faule Frauke den ganzen Tag auf Märchenbook und Instagrimm surfte und wie ein Scheunendrescher Labskaus mampfte, musste die fleißige Cornelia alle Hausarbeit tun. Sie musste ihrer bösen Schwester maßgeschneiderten Döner vom Dönerschneider holen und die Fransen am Orientteppich kämmen, was selbst an der schleswig-holsteinischen Märchenküste als vergleichsweise sinnlose Tätigkeit gilt. Dann kam zu allem Überfluss ihre böse Mutter und sprach: »So, liebes Frollein! Du denkst wohl, unser Online-Shop *Pferdeersatzteile24* läuft von ganz alleine? Mach mal büschen mit, hier! Wir ham über Nacht eine Schubkarre voll Bestellungen reinbekommen! Jetzt haust Du erstmal vierhundertsiebenundsechzig Bestellbestätigungen raus, dann packst Du die vierhundertsiebenundsechzig Pferdeersatzteile als Geschenk ein – und dann ab nach DHL!«

Die arme Cornelia Schinkentorte setzte sich in den Garten, neben den Goldfischteich und begann, mit beiden Daumen zu tippen. Doch schon bald wurden ihre zarten Daumengelenke von Gicht, Gelenkkapselentzündung und rheumatischer Arthritis befallen, und das Handy entglitt ihren Händen und plumpste in den Goldfischteich. Sie bat die Fischlein im Wasser, ihr doch das Handy wieder zu geben, doch die bösen Fischlein zeigten ihr nur die Stinkeflosse und machten Selfies von sich und den Fröschen. Da weinte die fleißige Cornelia wie ein tröpfelnder Kieslaster, lief zu ihrer Mutter und erzählte ihr alles.

Doch die Brigitte Schinkentorte war so unbarmherzig, dass sie sprach: »Wenn Du tüddelich genuch bist, Dein Handy in den Goldfischteich zu schmeißen, dann kannst Du's auch selber wieder rausfischen.«

Da ging das Mädchen zu dem Teich zurück und in seiner Herzensangst machte es einen Köpper in den Goldfischteich hinein, um das Handy zu holen. Die Cornelia Schinkentorte tauchte tiefer und tiefer, entdeckte allerlei Unrat, wie eine muschelbewachsene Autokarosserie und eine unsachgemäß entsorgte Kühlgefrierkombination, und sie fand unter einem

großen Seerosenblatt das verschollene U-Boot U-54.
Dann kam sie am Wrack der Titanic vorbei, winkte Leonardi DiCaprio zu, dessen Skelett immer noch
am Bug an der Reling stand – und verlor schließlich
die Besinnung.

Als das Mädchen erwachte und wieder zu sich selber kam, da tauchte es im Hamburger Hafen wieder
auf, inmitten der nach Schiffsdiesel duftenden Hansestadt Hamburg-Herzegowina, wo die Sonne sicher
geschienen hätte, wenn nicht vieltausend rauchende
Schlote den Himmel mit Schwefeldioxid verdunkelt
hätten. Im Hafen irrte sie umher und kam schließlich an eine Pizzabude, aus der man den Pizzabäcker
Luigi weithin jammern hören konnte: »So eine Seiße,
mitte der Seiße! Isse musse Pizza Napoli zu Kunde
bringe, bevore die Pizza wirde kalte! Aber isse 'abe
noch eine Pizza inne Ofen, und die musse verbrenne,
wenne iche jetze losfahre! Wasse solle iche nure mache? Iche werde noche rammedösig! Duecento Pulso
habbe isse balde, duuuu!«

Das hörte die fleißige Cornelia und sie sprach:
»Bringe Du nur unbesorgt Deine Pizza Napoli ins
sozial benachteiligte Wohngebiet am Rande der Märchenküste, ich will so lange die Pizza Quattro Komposthaufen aus dem Ofen herausholen, ehe sie ver-
brennt.«

Und kaum hatte sie gesprochen, da jauchzte der
Pizzabäcker Luigi und sprang breitbeinig aus dem
Fenster im ersten Stock, auf den Sattel seines stolzen
Vespa-Motorrollers mit AC Mailand-Aufkleber, gab

ihm die Sporen und galoppierte mit der gerade noch lauwarmen Pizza Napoli in Richtung des sozial benachteiligten Wohngebiets am Rande der Märchenküste. Das Mädchen tat indessen alles, wie sie es versprochen hatte, holte die Pizza Quattro Komposthaufen aus dem Ofen und ging weiter ihres Weges, um ihr Handy zu finden.

Verzweifelt rief sie, so dass es längs der gesamten Märchenküste schallte: »Handy! Handyyyyy! Wo bist du Handy? Komm her!«

Da kam sie an ein Spargelfeld, und die Spargel sprachen: »Du bist wohl bescheuert geworden, Du Torfkopp von Märchenerzähler, wir sind Spargel und könn' überhaupt nich sabbeln!«

Neben dem Feld saß aber der, vom Genuss großer Mengen Holsteiner Blutwurst beleibte, Bauer Bernd Bause und heulte wie eine Werftsirene in Kiel-Düsterdeich zum Feierabend.

»Oh, weh!« schluchzte er: »Was mach ich nur ohne den treuen Milosz, den Pawel und den Piotr, meine hochqualifizierten Spargelingenieure? Sie werden von der bösen Königin Corona in Nordpolen gefangen gehalten! Oder anders gesagt: Die hocken in Danzig und werden ranzig!«

Da sprach das gute Mädchen: »Ich will Dir helfen und diesen Spargel stechen, wie eine Stechmücke deinen dicken, nackigen Mors! ... Entschuldigung, aber mir is' kein besserer Vergleich eingefallen.«

Und der beleibte Bauer Bause erwiderte: »Nee, nee, das geht schon klar, ich hab's auch so verstanden ...«

Und flugs stach die fleißige Cornelia Schinkentorte allen reifen Spargel und der beleibte Bauer Bernd Bause dankte ihr mit Tränen in den Augen: »Du gute Deern, fast wäre ich pleite gegangen, aber Du hast mich errettet! Dank Deiner Hilfe kann ich nun in aller Ruhe an was Anderem pleitegehen!«

Da ging Cornelia weiter und kam an ein kleines Biotop, dass der regierende Herzog von Hamburg-Herzegowina angelegt hatte, um sich von der Märchenpresse als Naturschützer feiern zu lassen, während an allen anderen Ecken und Enden giftige Plörre aus rostigen Rohren sickerte.

In dem Biotop saß eine alte, vom Aussterben bedrohte Schildkröte, inmitten buntester, unter Naturschutz stehender Blümelein, und sie sprach: »Ich bin die Letzte meiner Art. Ich bin schon hundertfünfzig Jahre alt und genau so lange juckt's mich schon am Rücken unter meinem Panzer. Kannst Du mir nicht aushilfsweise ma' den Rücken schubbern?«

Da hatte die Cornelia Mitleid und brach ein dürres Ästlein von einem Baum, und der Baum sprach: »Auaaaaa! Das tut doch weh, Du Dämlack!«

Dann fuhr sie mit dem Ästlein unter den Panzer der Schildkröte, schubberte ihr schuppiges Schulterblatt und erlöste sie so von Ihrem einhundertfünfzigjährigen Juckreiz.

Wieder ging sie weiter und kam zu einem reetgedeckten Wohnblock, daraus guckte eine alte Frau. Weil sie aber so große Lockenwickler hatte und meterweit gegen den Wind nach Eierlikör und Dorschleber roch, wurde der Cornelia Angst, und sie wollte fortlaufen.

Die alte Frau aber rief ihr nach: »Jetzt haue doch nich' gleich ab, hicks, Du bescheuerte Trine! Ich hab' nur aus Versehen zu viel Eierlikör gezwitschert! Ich bin voll, wie ' ne zwanzigjährige Büroangestellte bei der Kieler Woche! Wenn ich mein Bett selber aufschüttel', fall' ich immer aus'm Fenster! Hicks! Und mein Schlafzimmer is' im dritten Stock. Ich brauch' manchmal zwei Tage, bis ich wieder oben bin. Hicks. Und übrigens: Ich bin die Frau Hollstein, und wenn Du meine Betten aufschüttelst, so dass die Federn fliegen, so schneit es an der ganzen Märchenküste!«

Da staunte das Mädchen und fragte: »Dann schneit's an der ganzen Märchenküste? Echt jetzt? Im Sommer auch?«

Da verdrehte die Frau Hollstein genervt die Augen und sprach nach einer peinlichen Pause: »Ach, jetzt halt doch den Sabbel! Meine Märchenküste, meine Regeln. Und außerdem: Niemand mag Klugscheißer!«

Und weil die Alte ihr so gut zusprach, so fasste sich Cornelia ein Herz und begab sich in ihren Dienst.

Und die Frau Hollstein sagte: »Pass auf, min Deern: Wenn Du meine Müslischüssel gespült hast, dann kannst Du gleich das Wohnzimmer staubsaugen. Und danach sin' die Betten dran!«

Die fleißige Cornelia besorgte alles nach ihrer Zufriedenheit, und sie schüttelte vor allem das Bett immer gewaltig, auf dass die Flöhe, die Wanzen, die leeren Dorschleberdosen, die billigen Arztromane, die zerknüllten Tempotaschentücher, die leeren Eierlikörflaschen und die Daunenfedern wie Schneeflocken umherflogen; dafür bekam sie auch ihr Handy zurück und durfte alle Tage mit dem Rabattcoupon-Sammelbuch der Frau Hollstein bei McDonalds essen gehen.

Eines Tages ward die fleißige Cornelia Schinkentorte traurig und wusste anfangs selbst nicht, was ihr fehlte. Endlich merkte sie, dass ihr Handy Akku zur Neige gegangen war, und es im Haus der Frau Hollstein keinen Strom gab. Obgleich es ihr hier vieltausendmal besserging als zu Haus, so wollte die Cornelia doch mal wieder die sozialen Netzwerke des Märchenwaldes checken, und sagte: »Liebe gute Frau Hollstein, ich muss wieder zurück zu den Meinigen! Mein Akku is' nämlich alle.«

Die Frau Hollstein seufzte: »Ja, ich weiß … Ich sollte ab und zu mal meine Stromrechnung bezahlen. Hicks.«

Sie nahm Cornelia darauf bei der Hand und führte sie vor ein großes Tor. Das Tor ward aufgetan, und wie das Mädchen gerade darunter stand, fiel eine goldene Kittelschürze herab, direkt über ihr Haupt und schmiegte sich an ihren Leib, dass sie von Kopf bis Fuß golden glitzerte und funkelte, wie das Reinigungspersonal in der Diskothek. »Diese goldene Kittelschürze sollst Du haben, weil Du so fleißig gewesen bist, Cornelia! Und außerdem werden alle Bewohner der Märchenküste an Werktagen um sechs Uhr abends aus ihren Fenstern für Dich applaudieren!«

Darauf ward das Tor verschlossen, und Cornelia Schinkentorte war wieder zu Hause in Elmshorn Düsterdeich bei ihrer Mutter Brigitte und ihrer faulen Schwester Frauke. Als sie in den Hof kam, saß der Hahn auf seiner Lieblingshenne und rief:

»Kikeriki, Kikeriki –
Unsere goldene Cornelia ist wieder hie'!«

Und als die Mutter hörte, wie sie zu der goldenen Kittelschürze gekommen war, da sprach sie: »Meine andere Tochter is' so faul und dröge, die is' ja nich ma' als Briefbeschwerer zu gebrauchen! Aber vielleicht kann ich die ja auch zur Frau Hollstein schicken, dann wird vielleicht doch noch was aus der...«

Die faule Frauke musste sich nun auch an den Goldfischteich setzen und Bestellbestätigungen für Pferdeersatzteile tippen. Und weil sie dafür zu faul war, schmiss sie einfach ihr Handy in den Teich und tauchte hinterher.

Sie kam, wie schon Cornelia, in den Hafen, inmitten der nach Schiffsdiesel duftenden Hansestadt Hamburg-Herzegowina, Als sie zu der Pizzabude des Luigi kam, hatte der schon wieder das gleiche Problem: Entweder eine kalte Pizza ausliefern – oder die andere verbrennen lassen.

Da sagte die faule Frauke: »Mach Dir ma keine Waffel, Luigi! Kümmere Du Dich um Deine Pizza

Quattro Komposthaufen im Ofen und ich bringe die Pizza Napoli ins sozial benachteiligte Wohngebiet am Rande der Märchenküste!«

Da war's der Pizzabäcker zufrieden, er dankte dem Mädchen und ging in seine Backstube. Doch die faule Tochter dachte gar nicht daran, die Pizza auszuliefern. Stattdessen stopfte sie sich alle Pizzastücke gleichzeitig in den Mund und machte ein Selfie von sich, dass sie sogleich auf dem sozialen Netzwerk der Gebrüder Instagrimm hochlud und mit dem Hashtag #SiebenStückPizzaaufeinenStreichChallenge markierte.

Bald kam sie danach zu dem Spargelfeld und die Spargel sprachen: »Sach ma, Märchenonkel, hast Du Tomaten auf den Ohr'n? Wir ham Dir schon ma' gesagt, dass Spargel nich' sprechen können!«

Und als der arme Bauer Bernd Bause auch der faulen Frauke sein Leid geklagt hatte, dachte sie gar nicht daran, dem verzweifelten Manne zu helfen, sondern riss zwei Spargel aus der Erde, schob sich die beiden länglichen Gemüse in die Nasenlöcher, schielte dazu und lud das Selfie inklusive des Hashtags #Nasenspargelchallenge auf Instagrimm hoch.

Dann kam sie zu dem Biotop in dem die vom Aussterben bedrohte, einhundertfünfzigjährige Schildkröte hauste. Und weil sie von Herzen bescheuert war, rief sie: »Blumen! Das gibt bestimmt 'n tolles Foto bei Instagrimm!« Und sie riss all die wundervollen, unter

Naturschutz stehenden Blümelein mit Stumpf und Stiel aus, um sich einen albernen Haarkranz für ihr Selfie zu flechten, und sie sprach: »Na, herrlich! Hier steht ja sogar 'n Hocker!«

Und sie setzte sich auf die einhundertfünfzigjährige, vom Aussterben bedrohte Schildkröte und machte ein Foto für Instagrimm. Bevor sie ging, schrieb sie noch schnell mit dickem Glitzer-Edding »I love Robbie Williams!« auf den Panzer der, unter ihrem Körpergewicht nunmehr tatsächlich ausgestorbenen, Schildkröte.

Als sie vor den reetgedeckten Wohnblock der Frau Hollstein kam, trat sie gleich in ihren Dienst. Am ersten Tag gab sie sich Mühe, war fleißig und brachte vierzehn Beutel voll Eierlikörflaschen zum Alteierlikörflaschencontainer, denn sie dachte an die goldene Kittelschürze, die ihr die Alte schenken würde. Am zweiten Tag aber wurde sie schon faul, wie ein lang verschmähter Broccoli im Gemüsefach. Sie schüttelte auch der Frau Hollstein das Bett nicht, dass die Federn aufflogen – weshalb es den ganzen Sommer über an der Märchenküste nicht schneite.

Das ward die Frau Hollstein bald müde, und sie sprach: »Ich weiß nich', wie ich ohne Dich zurechtkommen soll, aber ich will's mal versuchen. Hicks. Du bist gefeuert!«

Die faule Frauke war das wohl zufrieden und meinte, nun würde die Alte endlich mit goldenen Kittelschürze um die Ecke kommen. Die Frau Hollstein, die bis zu ihrer Geschlechtsumwandlung als Major

Holle beim Wachbataillon »Carsten Spengemann« in der Märchenbundeswehr gedient hatte, zog sich die alten Militärstiefel über ihre großen, haarigen Füße und führte auch das faule Mädchen zu dem Tore. Als sie aber darunter stand, fielen statt der goldenen Schürze ein Eisbeutel und zwei Aspirin herab.

Da fragte die faule Frauke: »Hä? Was soll ich da denn mit?«

Und die Frau Hollstein sprach: »Na, wart's nur ma' ab, Du kriegst noch was: Dein Arbeitszeugnis. Und damit das der Wind nicht wegweht, habe ich das für Dich in eine schöne, polierte Steinplatte gemeißelt.«

Und kaum hatte die Frau Hollstein gesprochen, da fiel die schwere Steinplatte herab, direkt auf die Rübe der faulen Frauke Schinkentorte.

»Danke für nix!«, sagte die Frau Hollstein, verabreichte ihr einen gestiefelten Tritt in den Hintern und schmiss das Tor krachend zu.

Und die Faule sprach: »Aua! So eine blöde Kuh! Na bloß gut, dass ich 'n Eisbeutel und zwei Aspirin hab'!« Und sie pfiff sich die zwei Aspirin ein und kühlte sich das Ei an ihrem Kopf.

Bald aber merkte sie, dass ihr Handy in der Zwischenzeit angefangen hatte zu blinken, wie die Reaktortemperaturanzeige vom Märchenküstenatomkraftwerk Brokdorf. Und als sie ihren Account bei den Gebrüdern Instagrimm öffnete, da sah sie, dass ihre Postings aus Hamburg viral gegangen waren und sie massenhaft Likes bekommen hatte und nun an der ganzen Märchenküste weltberühmt war. Von nun an

bekam sie alles gratis und von den Gebrüdern Instagrimm eine Villa am See, so viel Gold, wie sie essen
konnte und einen Werbevertrag für Pferdeersatzteile
und Kosmetikartikel.

Und sie sprach: »Na super! Jetzt muss ich mir nur
noch irgendwelchen Mist auf die Rübe schmieren!
Und dann rennen meine Follower wie die Zombies in
die Drogerie, um sich den gleichen Mist auch auf die
Rübe zu schmieren! Klasse. Das lässt sich aushalten.«
Dann kam die faule Frauke heim, und der Hahn auf
seiner Lieblingshenne, als er sie sah, stöhnte:

"Kikeriki, Kikeriki –
Unsere faule Frauke ist wieder hie'!«

Und so wurde die faule Frauke als Influenzerin reich
bis an ihr Lebensende, und die fleißige Cornelia
musste in ihrer goldenen Kittelschürze schuften, bis
sie krumm und bucklig ward und kam doch nie auf
einen grünen Zweig.

Als die Bewohner der Märchenküste hörten, wie das
Märchen ausgegangen war, da murrten sie, und sie zogen mit Mistgabeln und Fackeln zur Burg des Königs,
um ihrem Unmut über den Triumph des Schlechten
Luft zu machen. Da erschien der weise König Lothar
Schuster der Erstbeste in seinem prächtigen Gewand
auf der höchsten Zinne seiner Burg und sprach durch
sein goldenes Megaphon zur Demo: »Jo, Leude, da
kann ich jetzt auch nix machen. Außerdem is' mans
immer selber! Wer hatt'n die Alte geliked? Das wart'

doch Ihr! Also jammert nich' rum! Und Du da unten mit Deiner Pechfackel, geh nich' so dicht an meinen Buchsbaum, Mann!«

Dann ging der weise König Lothar Schuster der Erstbeste wieder in seinen Thronsaal, um auf seiner diamantenbesetzten Playstation eine weitere Runde Fortnite zu zocken. Und die Menge vor dem Schloss zuckte mit den Schultern und verlief sich. Nur der harte Kern blieb noch beisammen und ging die sieben schwer erziehbaren Zwerge vermöbeln. Wie immer, wenn an der Märchenküste kein unmittelbar Schuldiger zu ermitteln war.

Aber abends, im tiefsten, finstersten, schleswig-holsteinischen Märchenwald, wo Fuchs und Hase sich einen alten Gummistiefel hinterher schmeißen, las der große, graue Wolf in seiner schummrigen, warmen Wolfshöhle seinen sieben Kindern, den sieben bösen Wölflein, die Geschichte vor. Da könnt ihr Euch vorstellen, ihr lieben Kinder, wie die sieben kleinen, bösen Wölflein gelacht haben und sie hielten sich ihre struppigen, grauen Bäuchlein und riefen: »Nochmal, Papi! Es ist so schön, wenn das Böse auch mal gewinnt!«

Der gestiefelte Köter

Es war einmal ein Müller, der hieß Müller und hatte drei Söhne: Den Gottfried Gottlieb Müller, den Fürchtegott Gotthelf Müller und den schönen Kevin. Der Müller Müller hatte eine Windmühle, einen Lanz Bulldog und einen alten, zauseligen Hund namens Dr. Schulz.

Die Söhne mussten in der Mühle alle Arbeit tun. Der Gottfried Gottlieb Müller musste Mehl mahlen, der Fürchtegott Gotthelf Müller musste mit dem Lanz Bulldog Getreide heranschaffen und der schöne Kevin musste pusten, damit sich die Windmühle drehte. Nur der Hund Dr. Schulz war zu nichts zu gebrauchen.

Als der Müller Müller starb, teilten sich die drei Söhne in die Erbschaft: Gottfried bekam die Mühle, Fürchtegott den Lanz Bulldog, und Kevin den Hund Dr. Schulz, weiter blieb nichts für ihn übrig.

Da war der schöne Kevin traurig und sprach zu sich selbst: »So ein Schiet mit dem Schiet! Der Gottfried Gottlieb hat jetzt die Mühle, der Fürchtegott Gotthelf kann mit dem Lanz Bulldog zum Fischmarkt fahren, nur ich hab den zotteligen Köter Dr. Schulz und der is bekanntlich zu nix zu gebrauchen! Wie ungerecht! Zweihundert Puls hab' ich bald, duu! Am besten ich schmeiß die Töle beim Tierheim über den Zaun.«

»Moment mal, Amigo! Du hast wohl zu nahe an der Wand geschaukelt?!«, sprach da der Hund, der alles verstanden hatte. »Das tut doch nich not, dass Du mich gleich beim Tierheim übern Zaun schmeißt, Du Spacko!«

Da staunte der Kevin und sagte: »Dr. Schulz? Du kannst ja sabbeln?«

»Na klar kann ich sabbeln. Ich hab' nur nie was gesagt, weil Ihr immer nur gefragt habt: ›Ja, wo isser denn? Ja, wo isser denn?‹ Das war mir, ehrlich gesagt, zu blöd da was zu zu sagen.«

Und der schöne Kevin staunte: »Na dann bist Du ja 'n ganz kluger Köter! Jetzt versteh ich endlich, warum Du 'n Doktortitel hast!«

Doch der Hund Dr. Schulz lachte: »Ach Kevin, Du Plattfisch. Du glaubst aber auch alles! Den Doktortitel hab' ich für 20 Bit-Taler im Märchenküsten Darknet gekauft. Ich bin zwar wirklich doppelt so schlau wie Du, aber das is' ja auch keine Kunst. Dein Vater hat mich bloß immer mit gebratenem Hirn gefüttert, das is alles.«

Da erkannte der Kevin, dass der kluge Hund die Wahrheit sprach und er erinnerte sich an die großen Portionen Hirn, die sein Vater ausgeteilt, von denen er aber nie etwas abbekommen hatte.

Und da sein Mund vom Staunen ohnehin schon offenstand, so fragte er, ohne den bereits herabhängenden Unterkiefer bewegen zu müssen: »Ja und nu?«

Der kluge Hund sprach: »Also folgendes: Jetzt

gibst Du mir erst mal Deine gesamte Kohle und dann bring ich Dich groß raus! Ich bin quasi ab sofort Dein Manager!«

Da wurde der Kevin ganz kurzatmig vom vielen Nachdenken, denn er hatte die Wahl, diesen sprechenden Hund für eine Menge Taler an einen Wanderzirkus zu verkaufen, oder seinen letzten Kreuzer an den zwielichtigen Köter mit falschem Doktortitel herauszugeben. Doch weil er von Herzen dämlich war, willigte er ein und schlachtete mit dem Hämmerchen sein Sparschwein.

Wie durch einen märchenhaften Zufall kam in diesem Moment gerade das tapfere Schneiderlein Guido Maria Quietschmar mit ihrer klapprigen Hochzeitskutsche um die Ecke gebogen.

Und Dr. Schulz sprach zu ihm: »Ich brauche 'n Anzug und dazu zieh ich 'n Rollkragenpullover und Cowboystiefel an. Das sieht so albern aus, das is' doch typisch Manager!«

Und das Schneiderlein gab ihm alles und sprang um den Köter herum, wie ein Pingpongball in der Waschmaschine und rief immer wieder: »Cowboystiefel zum Anzug? Na, Sie können das tragen! Das macht'n schlanken Huf!« und «Also wer's mag, dem gefällt's!«

Dann lief der gestiefelte Köter schnell in die Küche, stahl dem Koch aus rein krimineller Gewohnheit ein Ei, holte einen großen Plastikmüllsack und ein Kilo Zucker, warf den Sack über den Rücken und ging auf zwei Beinen, wie ein richtiger Mensch, zur Tür hinaus. Damals regierte König Manfred Mehlhorn der stark

Übergewichtige an der schleswig-holsteinischen Märchenküste und der aß für sein Leben gerne Heißewecken.

Es war aber eine Not im Lande, und Heißewecken waren schwerer zu bekommen, als Eiswürfel in der Sauna, obwohl sie überreichlich in den Wäldern herumsprangen. Das Märchenküstenökosystem war völlig aus dem Gleichgewicht geraten, weil die Knusperhexe so viele dicke Kinder gegessen hatte, dass die Heißewecken keine natürlichen Feinde mehr hatten und sich unkontrolliert vermehrten.

Doch die vielen, frisch geschlüpften, zarten Jungwecken im Walde waren so scheu und flink, dass kein Jäger sie erreichen konnte. Und so lümmelte König Mehlhorn der stark Übergewichtige mit seinem edelsteinverzierten Feinrippunterhemd in seinem bedenklich knarzenden Thronsessel und ihm tropfte der Zahn nach Heißewecken.

Das wusste der Köter Dr. Schulz, und als er in den Wald kam, streute er den Zucker auf die Erde. Dann versteckte er sich, aß das Ei, dass er dem Koch aus reiner, krimineller Gewohnheit gestohlen hatte und lauerte mit dem offenen Müllsack. Die Heißewecken kamen in Scharen und hüpften tirilierend in den Zucker, um sich darin zu wälzen. Als eine gute Anzahl im Zucker war, stülpte der Köter hurtig den Sack darüber, warf ihn sich auf den Rücken und ging geradewegs zum prächtigen, reetdachgedeckten Palast des Königs.

Die Palastsecurity rief: »Du kommst hier nich rein!«

»Ach was!«, antwortete da der listige Köter Dr. Schulz und zeigte auf die Sonne. »Guckt ma dort oben, ne tote Möwe!«

Und während die beiden pummeligen Security-mitarbeiter mit zusammengekniffenen Augen den Himmel über der Märchenküste nach toten Möwen absuchten, huschte der gestiefelte Köter durch ihre Beine und lief geradewegs in den Thronsaal vor König Manfred den stark Übergewichtigen.

Dort machte er eine tiefe Verbeugung und sagte: »Ich bin der Manager, äh ... der Privatsekretär vom Grafen Lügobald von Schwindelhausen zu Flunkerstein! Hier is'n Geschenk von meinem Chef!«

»Ich krich die Motten!«, rief da König Manfred der stark Übergewichtige, denn er hatte die Süßspeise bereits durch den geschlossenen Plastikmüllsack gewittert: »Ein ganzer Sack Heißewecken!!«

Etwa zwei Minuten und acht Heißewecken später fuhr der König fort: »Diese Heißewecken schmecken so köstlich, als hätte einem ein Engelchen auf die Zunge gemacht! Das is ja wie Dans op de Deel auf der Zunge!«

Und er wußte sich vor Freude nicht zu fassen und befahl dem gestiefelten Köter, so viel Taler aus der Sockenschublade in seinem Schlafzimmer in seinen Sack zu tun, wie er nur tragen konnte.

Und Manfred der stark Übergewichtige sprach: »Ich weif, mip pfollem Munde pfricht man nicht, aber das Gold bringst Du dem Grafen Lügobald als kleines Dankeschön, dass er die Heißewecken nich' einfach alleine gefressen hat!«

Der arme, schöne Müllersohn Kevin Müller aber lag zu Hause mit dem Gesicht im Labskaus, weil ihm beim Essen urplötzlich klar geworden war, dass er sein letztes Geld für Hundecowboystiefel ausgegeben hatte, und der hochstapelnde Köter mit falschem Doktortitel wahrscheinlich sowieso schon über alle sieben Berge war.

Da flog die Türe auf und der gestiefelte Köter Dr. Schulz kam schwanzwedelnd herein und warf mit güldenen Talern nur so um sich.

»Mast und Schotbruch vom König und Danke für die Heißewecken!«, bellte er, und er machte vor lauter Freude versehentlich ein kleines Pfützchen auf die Auslegeware.

Der schöne Müllersohn Kevin Müller war froh über den plötzlichen Reichtum, und Dr. Schulz bestellte erst mal eine Pizza Quattro Hundeknochen beim Pizzabäcker Massimo. Und während der Köter Dr. Schulz seine Pizza mampfte und seine Stiefel auszog, sagte er: »Jetzt kannst Du den Peter Zwegat fürs Erste wieder abbestellen, mein Guter, und morgen ziehe ich meine Stiefel wieder an, dann machen wir mal einen richtig fetten Fischzug; Dem König habe ich nämlich weisgemacht, dass Du der Graf Lügobald von Schwindelhausen zu Flunkerstein bist!«

Da sprach der schöne Kevin: »Das kann ich mir aber nich' alles auf einmal merken.«

Am andern Tag ging der Kater, wohl gestiefelt, wieder auf die Jagd, reichte dem König wieder einen ganzen Plastikbeutel voller Heißewecken und bekam einen Sack voll Taler zum Dank. So ging es tagein, tagaus.

Und König Manfred Mehlhorn der stark Übergewichtige wurde runder und runder und wenn er in seinem bedrohlich ächzenden Thronsessel Platz nahm, dann sah man, zur Rechten, wie zur Linken, einen halben Schinken heruntersinken.

Einmal schlich der Köter Dr. Schulz gerade durch die Burgküche und wollte aus reiner, krimineller Gewohnheit dem Koch ein Ei stehlen, da kam der Chauffeur und fluchte: »So ein Schiet, mit dem Schiet! Der König und seine Bitch von einer Tochter gehen mir tierisch aufn Hauptmast! Da haste einmal genug Leute zusammen für 'ne Counterstrike-LAN-Party und dann soll ich die zwei Dussel spazierenfahren! Zum Baden nach St. Peter Ording! Zweihundert Puls hab ich bald, duu!«

Wie der gestiefelte Köter das hörte, rannte er nach Haus und sagte zu seinem Herrn: »Los, schöner Kevin! Wir gehn schwimmen!«

Der Müllersohn wußte nicht, was er dazu sagen sollte, so wie er eigentlich nie wußte, was er zu irgendwas sagen sollte, doch folgte er dem Köter an den Strand, zog seinen kleinen Müller blank und sprang pudelnackig ins Wasser.

Der Kater aber nahm die Kleider des schönen Kevin und schmiss sie in den nächstbesten Gulli. Da kam schon König Manfred Mehlhorn der stark Übergewichtige angaloppiert und der XXL-König betätigte

in seinem goldenen Mercedes-Benz den Schleuder-
sitz und machte, wie es seine Gewohnheit war, eine
royale Arschbombe mitten in die Nordsee hinein.

Der Köter lief stracks zu ihm hin, als der König,
mit Tang hinter den Ohren, und einer Scholle zwi-
schen den Zähnen, schnaufend wie ein Walross wieder ans Ufer robbte. Sogleich fing der Köter Dr. Schulz
an, erbärmlich zu lamentieren: »Ach! Allergnädigster
König! Die Springtide, die Ihro Majestät mit Ihrer
königlichen Arschbombe auszulösen beliebten, hat
die Kleider meines Herrn weggeschwemmt! Nun
ist der Herr Graf im Wasser und kann nicht heraus,
denn sonst würde Ihre Tochter seinen kleinen Müller sehen, der aufgrund der Wassertemperatur wahrscheinlich noch ein bisschen kleiner ist, als sonst.
Bleibt mein Herr aber im Wasser, so wird er sich er-
kälten und sterben. Oder was noch Schlimmeres!«

Wie der König das hörte, musste einer seiner Leute zum Palast zurückjagen und des Königs Kleiderschrank auf dem Buckel herbeischleppen. Sehr zum
Ärger der Königstochter, die nach all dem Gerede um
den kleinen Müller des Grafen neugierig geworden
war und den merkwürdigen Wassertemperaturanzei-
ger gern selbst begutachtet hätte.

Im Kleiderschrank aber waren goldene Jeans und
diamantbesetzte Sneakers, die der falsche Graf eilig
anzog und nun aussah, als wäre er wirklich von ade-
ligem Blute.

Und weil ihm der König ohnehin wegen der Heißewecken gewogen war, so durfte er sich zu ihm in
seinen goldenen Mercedes Benz setzen. Die Prin-

zessin Sindy Mehlhorn war auch nicht bös darüber, denn der vermeintliche Graf war jung und schön und hatte sein Thermometer am rechten Fleck. Da zog sie sogleich ihr diamantbesetztes Handy heraus, um den Grafen zu googlen.

Der Köter aber war vorausgegangen und zu einem großen Parkplatze gekommen, wo über hundert Luxuskutschen mit glänzenden Radkäppchen standen. Da legte der listige Köter ein gefaktes Internet-Profil für den Grafen Lügobald an, und zwar bei Instagrimm, dem sozialen Netzwerk der Gebrüder Grimm. Und unter dem Namen »the real Graf Lügobald« lud er ein Foto der Luxuskarossen hoch und schrieb dazu den Hashtag #GrafLügobaldsZweitwagen.
Die vielen teuren Kutschen aber gehörten einem bösen Zauberer, der die ganze Märchenküste terrorisierte und der schon viele Bewohner verhext und verwandelt hatte, z. B. Jungfrauen in Frauen.

Als nächstes kam der gestiefelte Köter an einer Koppel vorbei, die auch dem bösen Zauberer gehörte, auf der ein prächtiger schwarzer Araberhengst namens Günter stand, der glühende Augen hatte und vor lauter Pferdestärke aus seinen glänzenden, schwarzen Kühlrippen dampfte. Auch das stolze Ross fotografierte der gestiefelte Köter und lud das Foto mit dem Hashtag »Graf Lügobalds Moped« bei Instagrimm hoch. Dann kam er am Wittensee vorbei, fotografierte ihn und versah ihn mit dem Hashtag #GrafLügobaldsSwimmingpool.

Dann aber kam er zu dem Schloß des bösen Zauberers, trat keck hinein und stellte sich breitbeinig vor dem Zauberer auf. Der böse Hexer sah ihn verächtlich an und fragte: »Hast Du Dich verlaufen, Du Döspaddel?«

Und der gestiefelte Köter Dr. Schulz sprach: »Lieber, böser Zauberer. Ich habe in der Märchenpresse gelesen, Du könntest Dich in alles verwandeln, was Du willst! Aber, mal ehrlich, das glaubt doch keine Sau. Sowas gibt's doch nur im Märchen. Ich meine, sich mal in sowas kleines wie n Krabbenbrötchen, oder ne Kombüsentür zu verwandeln, das kann ja praktisch jeder – aber dass Du Dich in was richtig Großes verwandeln kannst, das glaub ich Dir einfach nich'!«

Doch der böse Zauberer lachte hämisch und rief: »Ich kann mich verwandeln in was ich will!«, und weil ihm nichts Gescheites auf die Schnelle einfiel, verwandelte er sich zum Beweis in ein Trafohäuschen und brummte elektrisch vor sich hin.

»Nich' ganz schlecht!«, rief da der Köter. »Aber kannst Du Dich auch in eine stark behaarte ukrainische Balettänzerin verwandeln?«

Doch kaum hatte er gesprochen, da verwandelte sich das Trafohäuschen in die berühmte, stark behaarte, ukrainische Primaballerina Ludmilla Herumhüpferowa und drehte Pirouetten wie ein gaskranker Brummkreisel.

»Du bist ja gar nich' so töffelig, wie Du aussiehst!«, sagte der gestiefelte Köter anerkennend. »Aber eine Sache kannst Du garantiert nich'! Ich glaube erst, dass Du zaubern kannst, wenn Du Dich hier an Ort und Stelle in einen Postboten verwandelst!«

Der Zauberer sagte stolz: »Postbote is' 'ne leichte Übung! Das kann ich mit zugebundenen Augen!« und war im gleichen Augenblick in einen Briefträger verwandelt.

Doch wie der so vor seiner Nase herumsprang und mit Einschreiben wedelte, ließ der gestiefelte Köter seinen hündischen Instinkten freien Lauf und fraß den Briefträger mitsamt Haut, Haaren und Posttasche. Da war es um den bösen Zauberer geschehen.

Der König aber war mit dem Müllersohn Kevin alias Graf Lügobald und der Prinzessin weiter spazieren gefahren, und nun wollte er mal mit ihm über seinen gestiefelten Privatsekretär reden.

»Sag mal, Graf Lügobald«, sagte der König, »was stimmt denn nich' mit Deinem Privatsekretär Dr. Schulz?«

»Wieso?«, fragte der falsche Graf ganz erstaunt »Was soll denn sein mit dem?«

»Naja,« fuhr der König fort. »Ich meine, ich habe ja nix gegen 'n Küsschen auf die Wange zur Begrüßung. Aber Dein Dr. Schulz übertreibt immer. Von dem krieg ich immer 'n extra nassen Zungenkuss quer übers ganze Gesicht. Und dann leckt der mir immer die Hand! Und rasieren könnte der sich auch mal. Das is' doch nich' normal.«

Doch der Müllersohn wusste nicht, was er sagen sollte, denn er hatte Angst als schäbiger Hochstapler mit einem verkleideten Hund aufzufliegen.

»Und immer, wenn ich was wegschmeiße, bringt er mir das zurück. Manchmal denk ich, der hat Bootslack gesoffen ...«

Der Müllerssohn war ganz starr und still, und der kalte Schweiß lief ihm in den Kragen, als der König fortfuhr: »Und dann habe ich mir mal die Überwachungskamera in der Küche angeschaut. Der Dr. Schulz klaut dem Koch ganz offensichtlich Eier! Ich denk ich seh nich' richtig. Und neulich,« sprach der König weiter, »da hatte ich zwei Kaiser und eine Päpstin zum Abendbrot und da legt sich der Dr. Schulz einfach untern Tisch und leckt sich am Mors! Das is' doch ziemlich verhaltensoriginell für 'n Privatsekretär am Königshof, meinste nich'?«

Der schöne Kevin Müller alias Graf Lügobald stammelte nur schnell etwas von Fachkräftemangel, doch zu seinem Glück kam der goldene Mercedes des Königs in diesem Augenblick zu dem Parkplatz mit den hundert Luxuskarossen gefahren.

Und weil die Königstochter im gleichen Moment Graf Lügobalds Fake-Profil auf Instagrimm gefunden hatte, rief sie: »Schau mal Papi! Graf Lügobalds Zweitwagen!«

Und der König sprach zum Kevin: »Na, Du musst ja Geld ham, do! Da kann ich mit meinem goldenen Benz ja einpacken.«

Danach kamen sie zu dem vollgetankten Araberhengst und die Königstochter sah das Pferd auf Graf Lügobalds Instagrimmfakeprofil und rief: »Schau mal, Papi, Graf Lügobalds Moped!« und der König sprach: »Also nix gegen meine goldene Kreidler Florett, aber 'm Lügobald sein Moped is doch noch 'ne ganze Ecke schärfer als meins!«

Dann kamen Sie zum Wittensee und die Prinzessin rief: »Schau mal Papi! Graf Lügobalds Swimmingpool!« Da staunte der König und sprach: »Jo klei mi in mors, die Wasserrechnung möcht ich aber auch nich' sehn!«

Endlich kamen sie an das Schloß, dass bis vor kurzem noch dem bösen Zauberer gehört hatte, und der gestiefelte Köter stand oben an der Treppe. Als der goldene Mercedes wiehernd unten hielt, sprang er herab, machte die Türe auf und sagte: »Herr König, das hier is' die Bude vom Grafen Lügobald von Schwindelhausen zu Flunkerstein, kommse rein, nehmse sich 'n goldenen Keks.«

Der König stieg aus und verwunderte sich über den prächtigen Bau, dessen Dach nicht ganz so schlampig gedeckt war, und wo die Klinkerfassade noch nicht abfiel, wie an der königlichen Burgruine. Der Graf Lügobald von Schwindelhausen zu Flunkerstein führte die Prinzessin die Treppe hinauf in den prächtigen Saal und legte eine goldene Schallplatte auf den Plattenspieler mit diamantener Nadel. Und während gefühlige Melodien erklangen, sprach der schöne Kevin zur Prinzessin Sindy Mehlhorn: »Ich glaube, Du bist mit Abstand die schärfste Schnitte an der gesamten Märchenküste! So wahr ich der Graf Lügobald von Schwindelhausen zu Flunkerstein bin!«

Und als sie erwiderte: »Das kann ich mir aber nich' alles auf einmal merken!«, da ward die Liebe in ihm entfacht, denn sie war jung, schön, gesund, genauso doof wie er und machte auch ansonsten einen insgesamt gebärfreudigen Eindruck. Und so wurde der Müllersohn mit der Königstochter vermählt und sie bekamen sieben schöne, doofe Kindelein.

Und als König Manfred Mehlhorn der stark Übergewichtige eines Tages das entscheidende Heißewecklein zu viel gegessen hatte, da platzte er mit einem lauten Plopp. Und der falsche Graf bestieg das, was vom Thron nach der Explosion des Königs übriggeblieben war und ward sein Nachfolger und Herrscher über die ganze, schleswig-holsteinische Märchenküste. Der gestiefelte Köter aber wurde sein erster Minister. Und so lebten alle glücklich und zufrieden vor sich hin und waren so reich, dass sie für alles Angestellte hatten und nicht mal mehr selbst in der Nase bohren mussten.

Nur manchmal plagten den jungen König Lügobald Skrupel und er sprach zum gestiefelten Köter Dr. Schulz: »Also wenn wir mal ehrlich sind, wir sind doch eigentlich die größten Gauner an der Märchenküste. Erst ham mir beim König Manfred mit nem falschen Adelstitel hochgestapelt, haben im Internet gelogen wie zehn Rechtsanwälte auf Betriebsausflug, und dann haben wir den bösen Zauberer abgemurkst und sein Haus geklaut. Und nun bin ich König. Ich meine, das ist doch wirklich keine Geschichte, die man irgendwem erzählen sollte. Schon gar nich' kleinen Kindern!«

Da nahm der gestiefelte Köter Dr. Schulz einen tiefen Zug von der dicken Havanna-Zigarre, die er sich gerade zum Cognak angezündet hatte und sprach: »Dann erzähl die Geschichte doch einfach niemandem. Und außerdem: Lieber reich und 'n schlechtes Gewissen, als arm und ehrlich.«

Da wars der schöne Müllersohn Kevin Müller, jetzt auch bekannt als König Lügobald von Schwindelhausen zu Flunkerstein, zufrieden. Und weil er in der Schule gefehlt hatte, als die Moralphilosophie durchgenommen wurde, ging er einfach ins Bett.

Der gestiefelte Köter Dr. Schulz aber blieb noch lange vor dem knisternden Kamin sitzen. Doch von Zeit zu Zeit hörte man ihn durch das ganze Schloss laut lachen. Und zwar immer dann, wenn er daran dachte, dass er in Wirklichkeit ein mexikanischer Koyote namens Gonzales war. Und dass CSI Märchenküste und die SOKO Hamburg Herzegowina ihn niemals erwischen würden, obwohl er in 47 Märchenstaaten mit Haftbefehl als Eierdieb gesucht wurde.

Aber auch das, liebe Kinder, ist eine Geschichte, die man vielleicht besser für sich behält …

Dieses Buch basiert auf Schleswig-Holsteins
lustigstem Podcast:

**Neues von der Märchenküste
mit Frank Bremser**

Alle bisherigen Geschichten
und immer neue Folgen hören Sie auf
www.RSH.de und in der R.SH-App.

Scannen Sie mit der Kamera Ihres Smartphones
einfach diesen QR-Code und schon geht's los.

Viel Spaß beim Hören!